Lizzie: Außenseiter am Rande der Gesellschaft
muß sich verkaufen.
Unwahre Situation ändern indem
sie eine Unwahrheit sagt.
Vorgehen von Fred und Senator um
Lizzie zu überzeugen.
Obwohl er Neger ist will sie nicht lügen.

Szene 4 Anhand ihrer eigenen Situation
reflektieren sie auf die Gesellschaf?
Lizzie doch ein bißchen höher
in der Gesellschaft

Fred → Li[illegible]

Ausgangspkt.: ([illegible]
W[illegible]

Alles läuft über Gewalt und Geld
Fred setzt Lüge durch Gewalt durch.
Er ist nicht ehrlich sich selbst gegenüber.

"Wir die Amerikanische Nation".
Herrschaftsform.
Das "Wir" ist von einer Seite diktiert.

Lizzie kann Situation besser bestehen,
weil sie merkt das sie jemanden hat,
der unter ihr steht "Radfahrersystem"

Lizzie erkennt erst am Schluß was
abläuft (Neger: Schuldig obwohl nichts
getan)

Zwitterstellung: Teilhaberin der Weißen gegen
den Neger und trotzdem Opfer der
Weißen.

kein Happy End, da Situation zu
ausweglos gewesen.
Freds ganzes Glück: Frau zu halten
wie ein Tier. Das ist ein Kompromis.

Zu diesem Buch

Die hier vorgelegten Stücke gehören zu den meistdiskutierten des französischen Philosophen und Schriftstellers Jean-Paul Sartre. Das Drama «Bei geschlossenen Türen» (1945), 1954 mit der Arletty verfilmt, schildert die Hölle, die «die Anderen» sind. In dem Empire-Salon eines heruntergekommenen Hotels foltern sich drei Menschen in gegenseitiger Selbstentblößung. «Tote ohne Begräbnis» (1946) ist ein Zeugnis politisch engagierten Denkens. Résistance-Kämpfer behaupten Tapferkeit und Würde gegen Folter und den Tod. In «Die ehrbare Dirne» (1946), einem der aufsehenerregendsten Stücke der Gegenwart (das 1952 mit Barbara Laage verfilmt wurde) plädiert Sartre für soziale Gerechtigkeit. Durch Erpressung einer Dirne soll in einer Stadt des amerikanischen Südens die Mordtat eines Senatoren-Neffen einem Farbigen unterstellt werden.

Jean-Paul Sartre wurde am 21. Juni 1905 in Paris geboren. Mit seinem 1943 erschienenen philosophischen Hauptwerk *Das Sein und das Nichts* wurde er zum wichtigsten Vertreter des Existentialismus und zu einem der einflußreichsten Denker der ersten Hälfte des 20. Jahrhunderts. Darüber hinaus machten ihn seine Theaterstücke, Romane, Erzählungen und Essays weltbekannt. Durch sein bedingungsloses humanitäres Engagement, besonders im französischen Algerien-Krieg und im amerikanischen Vietnam-Krieg, wurde er zu einer Art Weltgewissen. 1964 lehnte er die Annahme des Nobelpreises für Literatur ab.

Jean-Paul Sartre

Bei geschlossenen Türen
Tote ohne Begräbnis
Die ehrbare Dirne

Drei Dramen

Wie stellt sich das Verhältnis des Individuums zur Gesellschaft in Bezug auf den Existenzialismus?
In Homer ist Ind. nicht so isoliert wie in Sartres Text. Das Ind. ist bedroht, wenn das Band zwischen ihm und der Gesellschaft gerissen ist. Es gilt dann keine Wahrheit mehr.

rororo

Rowohlt

Die Originalausgaben erschienen bei Librairie Gallimard, Paris,
unter den Titeln «Huis Clos», «Morts sans sépulture»
und «La Putain respectueuse»
Deutsche Übertragung von «Bei geschlossenen Türen» Harry Kahn,
von «Tote ohne Begräbnis» Robert Blum
und von «Die ehrbare Dirne» Ettore Cella
Umschlagentwurf Werner Rebhuhn
unter Verwendung eines Szenenfotos aus «Bei geschlossenen Türen»
(Hamburger Kammerspiele)
Vorderseite: Hilde Krahl und Richard Lauffen
(Foto: Rosemarie Clausen, Hamburg)

1.–160. Tausend 1965–1975
161.–170. Tausend April 1977
171.–180. Tausend Mai 1977
181.–190. Tausend September 1978
191.–200. Tausend August 1979

Veröffentlicht im Rowohlt Taschenbuch Verlag GmbH,
Reinbek bei Hamburg, November 1965

Gesetzt aus der Linotype-Aldus-Buchschrift
und der Palatino (D. Stempel AG)
Gesamtherstellung Clausen & Bosse, Leck
Printed in Germany
380-ISBN 3 499 10788 0

Inhalt

Bei geschlossenen Türen

Die Besetzung der Uraufführung von «Huis Klos» in Paris im Théâtre du Vieux-Colombier am 27. Mai 1944

INÈS	Tania Balachova
ESTELLE	Gaby Sylvia
GARCIN	M. Vitold
LE GARON	R.-J. Chauffard

Bühnenbild: Douy
Regie: Raymond Rouleau

Die Besetzung der deutschen Erstaufführung von «Bei geschlossenen Türen» in den Hamburger Kammerspielen am 16. April 1949

INÈS	Hilde Krahl
ESTELLE	Edda Seippel
GARCIN	Richard Lauffen
DIENER	Helmut Peine

Bühnenbild: Helmut Koniarsky
Regie: Wolfgang Liebeneiner

1. AUFTRITT

Ein Salon im Second-Empire-Stil. Eine Bronzestatuette auf dem Kaminsims

GARCIN *tritt ein, blickt sich um*: Da wären wir also.

KELLNER: Da wären wir.

GARCIN: So ist das ...

KELLNER: So ist das.

GARCIN: Ich ... denke, mit der Zeit wird man sich wohl an die Möbel gewöhnen.

KELLNER: Das kommt auf die Leute an.

GARCIN: Sind die Zimmer alle gleich?

KELLNER: Wo denken Sie hin! Zu uns kommen Chinesen, Inder. Was sollen die mit Second-Empire-Fauteuils?

GARCIN: Und was soll ich damit? Wissen Sie, wer ich war? Na, das gehört ja nicht zur Sache. Schließlich habe ich ja immer zwischen Möbeln, die ich nicht mochte, und in schiefen Situationen gelebt. Das war mir ein Hochgenuß. Eine schiefe Situation in einem Biedermeier-Speisezimmer ... feine Sache, wie?

KELLNER: Sie werden sehen: in einem Second-Empire-Salon ist das auch nicht so übel.

GARCIN: Ach ...? Na, gut, gut, gut, gut. *Er sieht sich um.* Immerhin hatte ich nicht erwartet, daß ich hier ... Sie wissen ja wohl, was man draußen erzählt?

KELLNER: Worüber?

GARCIN: Na ... *mit einer unbestimmten, die Szene umfassenden Gebärde:* über all das.

KELLNER: Wie können Sie solche Narreteien glauben? Leuten, die hier niemals den Fuß über die Schwelle gesetzt haben. Denn schließlich, wenn sie hergekommen wären ...

GARCIN: Ja.

BEIDE *lachen.*

GARCIN *plötzlich wieder ernst werdend*: Wo sind denn die Pfähle?

KELLNER: Was?

GARCIN: Die Marterpfähle, die Bratroste, die Blasebälge?

KELLNER: Sie machen wohl Witze?

GARCIN *ihn ansehend*: Ach? ... Na, schön. Nein, das sollte kein Witz sein. *Kurzes Schweigen. Er geht im Zimmer umher.* Keine Spiegel, keine Fenster, natürlich. Nichts Zerbrechliches. *Plötzlich heftig auffahrend:* Und warum hat man mir meine Zahnbürste weggenommen?

KELLNER: Da haben wir's. Schon kommt die Menschenwürde wieder zum Vorschein. Ist ja toll!

GARCIN *zornig auf die Sessellehne schlagend*: Wollen Sie mich gefälligst mit Ihren Vertraulichkeiten verschonen! Ich bin mir keineswegs darüber im unklaren, wo und was ich hier bin; aber ich dulde nicht, daß Sie ...

KELLNER: Na, na ... Entschuldigen Sie schon. Was wollen Sie; alle Gäste stellen dieselbe Frage. Sie kommen daher: «Wo sind die Pfähle?» Aber ich kann Ihnen schwören, in dem Augenblick, da denken sie nicht an Körperpflege. Aber wenn man sie dann ein bißchen beruhigt hat – gleich haben sie's mit der Zahnbürste. Aber um Himmels willen, könnt ihr denn nicht nachdenken? Denn schließlich und endlich, wozu wollen Sie sich noch die Zähne putzen?

GARCIN *ruhiger*: Allerdings, wozu eigentlich. *Blickt sich wieder um.* Wozu sollte man nicht in den Spiegel sehen? Die Statuette dagegen, à la bonne heure ... Ich kann mir gewisse Momente vorstellen, in denen ich sie mit den Augen verschlingen werde. Verschlingen, hä? ... Na, zu verbergen gibt's ja nichts. Wie gesagt: ich weiß genau, wo und was ich hier bin. Soll ich Ihnen erzählen, wie so was vor sich geht? Dem Kerl geht der Atem aus, er sinkt unter, er ist am Ersaufen, er hat bloß noch die Augen über Wasser, und was sieht er? Eine Bronzestatuette von Barbedienne. Ein Albdruck! Na ja, Ihnen ist ja zweifellos verboten, mir Rede und Antwort zu stehen; lassen wir's schon gut sein. Aber denken Sie daran: mich kann man nicht überrumpeln; kommen Sie bloß nicht und rühmen Sie sich, Sie hätten mich überrascht. Ich sehe der Situation ins Auge. *Er beginnt wieder, auf und ab zu gehen.* Also, keine Zahnbürste. Auch kein Bett. Denn, geschlafen wird doch wohl nie, was?

KELLNER: Na klar!

GARCIN: Gewettet hätte ich! Wozu auch schlafen? Der Schlaf packt einen bei den Ohren. Man spürt, wie die Augen sich zutun, aber wozu schlafen? Man streckt sich auf dem Diwan aus und ... husch ... schon flieht der Schlaf. Man reibt sich die Augen, man steht auf ... und das Ganze fängt von vorn an.

KELLNER: Sie sind ja ein Romantiker!

GARCIN: Halten Sie den Mund. Ich werde nicht schreien, nicht jammern, doch ich will der Situation ins Auge sehen. Sie soll mich nicht von hinten anfallen, ohne daß ich sie erkennen kann. Romantik? Also, man hat ja nicht einmal das Bedürfnis nach Schlaf. Wozu schlafen, wenn man keinen Schlaf hat? Klar. Halt, warten Sie: warum ist das peinlich? Ich hab's: es ist das Leben ohne Einschnitt.

KELLNER: Was für ein Einschnitt?

GARCIN *ihn nachäffend*: Was für ein Einschnitt? *Argwöhnisch:* Schauen Sie mich an. Ich wußte es ja! So erklärt sich die grobe, unausstehliche Taktlosigkeit Ihres Blickes. Ehrenwort, Sie sind verkümmert.

KELLNER: Wovon reden Sie eigentlich?

GARCIN: Von Ihren Lidern. Wir, wir schlagen die Lider auf und nieder. Blinzeln hieß das, ein Augen-Blick. Ein winziges schwarzes Blitzen, ein Vorhang, der niedergeht und wieder hochgeht: der Einschnitt ist da. Das Auge wird feucht, die Welt wird zunichte. Sie wissen nicht, wie erholsam das war. Viertausendmaliges Ausruhen in der Stunde. Viertausendmal ein winziges Entweichen. Was sag ich: viertausendmal... Und jetzt? Ich werde ohne Lider leben? Stellen Sie sich nicht dumm. Ohne Lider, ohne Schlaf, alles eins. Ich werde nicht mehr schlafen... Wie werde ich mich ertragen? Versuchen Sie zu verstehen, strengen Sie sich ein bißchen an: ich bin von streitsüchtiger Veranlagung, müssen Sie wissen, und ich... habe die Gewohnheit, mich mit mir selbst herumzustreiten. Aber ich... ich kann nicht pausenlos mit mir herumstreiten: dort gab es eben Nächte. Ich schlief. Schlief sanft. Zum Ausgleich. Ich ließ mir freundliche Träume kommen. Eine Wiese war da... Eine Wiese, weiter nichts. Ich träumte, ich ginge darauf spazieren. Ist es Tag?

KELLNER: Sie sehen doch, die Lampen sind angezündet.

GARCIN: Wahrhaftig. Das ist e u e r Tag. Und draußen?

KELLNER *verdutzt*: Draußen?

GARCIN: Draußen! Jenseits der Wände?

KELLNER: Ist ein Gang.

GARCIN: Und am Ende des Gangs?

KELLNER: Sind andere Zimmer und andere Gänge und Treppen.

GARCIN: Und dann?

KELLNER: Das ist alles.

GARCIN: Sie haben doch wohl mal einen freien Tag? Wo gehen Sie dann hin?

KELLNER: Zu meinem Onkel, der ist Oberkellner, im dritten Stock.

GARCIN: Das hätte ich mir denken können. Wo ist der Lichtschalter?

KELLNER: Ist keiner da.

GARCIN: Auslöschen kann man also nicht?

KELLNER: Die Direktion kann den Strom unterbrechen. Aber ich entsinne mich nicht, daß sie das in diesem Stockwerk je getan hätte. Hier haben wir Elektrizität ad libitum.

GARCIN: Sehr schön. Man muß also mit offenen Augen leben.

KELLNER *in ironischem Ton*: Leben...

GARCIN: Treiben Sie keine Wortklauberei mit mir... Mit offenen Augen. Für immer und ewig. Wird Tageslicht sein in meinen

Augen. Und in meinem Kopf. *Kleine Pause.* Und wenn ich die Statuette nach der Lampe schmeiße, geht sie dann aus?

KELLNER: Das Ding ist zu schwer.

GARCIN *packt die Bronze, versucht, sie zu heben*: Sie haben recht. Es ist zu schwer. *Schweigen.*

KELLNER: Also, wenn Sie mich nicht mehr brauchen, lasse ich Sie allein.

GARCIN *auffahrend*: Sie gehen? Auf Wiedersehen. *Der Kellner geht zur Tür.* Warten Sie! *Kellner bleibt stehen und dreht sich um.* Fort, das ist eine Klingel? *Kellner nickt bejahend.* Ich kann Ihnen läuten, wenn ich will, und Sie sind zu kommen verpflichtet?

KELLNER: Eigentlich schon. Aber die Klingel hat ihre Launen. Etwas klemmt im Läutwerk.

GARCIN *geht zur Klingel hin, drückt auf den Knopf. Klingelton.* Sie geht doch!

KELLNER *erstaunt*: Sie geht. *Klingelt ebenfalls.* Aber freuen Sie sich nicht zu früh; das bleibt nicht so. Also, ganz zu Ihren Diensten.

GARCIN *mit einer Gebärde, als wollte er ihn zurückhalten*: Ich ...

KELLNER: Hä?

GARCIN: Nein, nichts. *Geht zum Kamin, hebt das Papiermesser hoch.* Was ist das da?

KELLNER: Das sehen Sie doch: ein Papiermesser ...

GARCIN: Gibt's denn hier Bücher?

KELLNER: Nein.

GARCIN: Wozu dient es also? *Kellner zuckt die Achseln.* Schon gut. Gehen Sie. *Kellner ab.*

2. AUFTRITT

GARCIN *allein. Geht zur Statuette hin, streicht mit der Hand darüber, setzt sich. Steht wieder auf. Geht zur Klingel, drückt auf den Knopf. Die Klingel gibt keinen Ton. Er versucht es noch ein paarmal. Umsonst. Geht zur Tür, versucht sie zu öffnen. Ruft:* Kellner! Kellner! *Keine Antwort. Er hämmert mit den Fäusten gegen die Tür, dabei immer nach dem Kellner rufend. Plötzlich wird er ruhig und setzt sich wieder hin. In diesem Augenblick tut sich die Tür auf und es tritt*

INES *gefolgt von dem*

KELLNER *herein.*

KELLNER *zu Garcin*: Sie haben mich gerufen?

GARCIN *will gerade antworten, stutzt, wirft einen Blick auf Ines*: Nein.

KELLNER *sich an Ines wendend*: Sie sind zu Hause, Madame. *Ines schweigt.* Wenn Sie irgendwelche Fragen haben ... *Da Ines weiter schweigt, enttäuscht*: Im allgemeinen erkundigen sich die Gäste gern über allerhand ... Es muß ja nicht sein. Was im übrigen die Zahnbürste, die Klingel und die Statuette von Barbedienne betrifft, ist der Herr im Bilde und wird Ihnen darüber ebensogut Bescheid sagen wie ich. *Ab. Kurzes Schweigen.*

GARCIN *sieht Ines nicht an.*

INES *sieht sich im Zimmer um, dann wendet sie sich mit einer plötzlichen Bewegung Garcin zu*: Wo ist Florence? *Da Garcin schweigt*: Ich frage Sie, wo Florence ist?

GARCIN: Ich weiß es nicht.

INES: Ist das alles, was Sie ausfindig gemacht haben? Folterung durch Abwesenheit? Nun, das ist danebengelungen. Florence war ein dummes kleines Ding, ich traure ihr nicht nach.

GARCIN: Ich bitte um Verzeihung: für wen halten Sie mich?

INES: Sie? Sie sind der Henker.

GARCIN *fährt auf und lacht*: Eine höchst amüsante Verwechslung! Der Henker; was Sie nicht sagen! Sie kommen herein, Sie werfen einen Blick auf mich und da denken Sie: das ist der Henker! Ausschweifende Phantasie! Der Kellner ist ein Blödian, er hätte uns vorstellen müssen. Der Henker! Ich bin Joseph Garcin, Journalist und Literat. Tatsache ist, wir sitzen nun einmal im gleichen Boot ... Madame ...

INES *trockenen Tons*: Ines Serrano, Mademoiselle Ines Serrano.

GARCIN: Schön. Sehr schön. Nun denn, das Eis ist gebrochen. Sie finden also, ich sehe wie ein Henker aus? Und, wenn ich bitten darf, woran erkennt man die ... die Henker?

INES: Sie sehen aus, als ob Sie Angst hätten.

GARCIN: Angst? Das ist ja lustig. Vor wem? Vor Ihren Opfern?

INES: Lassen Sie nur! Ich weiß, was ich sage. Ich habe mich im Spiegel gesehen.

GARCIN: Im Spiegel? *Blickt sich im Zimmer um.* Das ist ja zum Auswachsen: alles, was auch nur mit einem Spiegel Ähnlichkeit hat, ist entfernt. *Pause.* Jedenfalls kann ich Ihnen versichern, daß ich keine Angst habe. Ich nehme die Situation nicht auf die leichte Achsel; ich bin mir ihrer Schwere durchaus bewußt. Aber Angst habe ich nicht.

INES *achselzuckend*: Das ist Ihre Sache. *Pause.* Kommt es hin und wieder vor, daß Sie einen kleinen Gang nach draußen unternehmen?

GARCIN: Die Tür ist verriegelt.

INES: Schlimm genug.

GARCIN: Ich begreife durchaus, daß Ihnen meine Gegenwart lästig fällt. Ich persönlich würde auch lieber allein bleiben; ich muß mein Leben in Ordnung bringen; ich bedarf der Sammlung. Aber ich glaube bestimmt, wir werden uns einander anpassen können: ich spreche nicht, ich bewege mich kaum, und ich mache wenig Geräusch. Nur, wenn ich mir einen Ratschlag erlauben dürfte, wir sollten untereinander die äußerste Höflichkeit bewahren. Das ist unser bester Selbstschutz.

INES: Ich bin nicht höflich.

GARCIN: So werde ich es für zwei sein. *Schweigen. Garcin hat sich auf den Diwan gesetzt.*

INES *geht im Zimmer auf und ab. Mit einem Mal sieht sie Garcin an*: Ihr Mund.

GARCIN *der vor sich hingeträumt hat, aufschreckend*: Wie, bitte?

INES: Können Sie nicht Ihren Mund ruhig lassen? Wie ein Kreisel dreht er sich unter Ihrer Nase.

GARCIN: Ich bitte um Verzeihung: ich war mir dessen nicht bewußt.

INES: Deshalb sage ich es Ihnen ja. *Mundzucken Garcins.* Schon wieder! Sie behaupten, Sie seien höflich, aber Sie lassen Ihrem Mienenspiel freien Lauf. Sie sind nicht allein und Sie haben nicht das Recht, mir das Schauspiel Ihrer Angst aufzudrängen.

GARCIN *steht auf und geht auf sie zu*: Sie haben keine Angst, Sie?

INES: Wozu? Die Angst, das hatte Sinn v o r h e r, als wir noch Hoffnung hatten.

GARCIN *in sanftem Ton*: Hoffnung gibt es nicht mehr, aber wir sind noch immer v o r h e r. Wir haben noch nicht zu leiden angefangen, Mademoiselle.

INES: Ich weiß. *Kleine Pause.* Was wird kommen?

GARCIN: Ich weiß nicht. Ich warte. *Schweigen. Er setzt sich wieder hin.*

INES *beginnt wieder umherzugehen; sie wirft einen Blick auf* GARCIN, *als er wieder mit dem Mund zuckt; nach ihrem Blick bedeckt er sein Gesicht mit den Händen.*

Estelle *und* Kellner *herein.*

Estelle *mit Blick auf Garcin, der den Kopf nicht gehoben hat*: Nein! Nein, nein, hebe den Kopf nicht. Ich weiß, daß du kein Gesicht mehr hast. *Garcin nimmt die Hände vom Gesicht.* Ha! *Kurze Pause, dann überrascht:* Ich kenne Sie nicht.

Garcin: Ich bin nicht der Henker, Madame.

Estelle: Ich hielt Sie nicht für den Henker. Ich ... Ich habe geglaubt, jemand wolle mir einen Possen spielen. *Zum Kellner:* Wen erwarten Sie noch?

Kellner: Es kommt niemand mehr.

Estelle *erleichtert aufatmend*: Ah! Wir bleiben also allein, der Herr, die Dame und ich? *Sie lacht auf.*

Garcin *trocken*: Das ist gar nicht zum Lachen.

Estelle *immer noch lachend*: Aber diese Sofas sind so häßlich. Und sehen Sie doch, wie sie verteilt sind; es kommt mir vor, als wäre es Neujahrstag und ich sei zu Besuch bei meiner Tante Marie. Ich nehme an, jeder hat sein eigenes. Das ist wohl meines? *Zum Kellner.* Aber es ist ausgeschlossen, daß ich mich draufsetze; das ist ja katastrophal: mein hellblaues Kleid und das spinatgrüne Sofa!

Ines: Wollen Sie meines?

Estelle: Das weinrote Sofa? Sie sind zu liebenswürdig; aber das macht die Sache nicht besser. Nein ... Was wollen Sie? Jedem, was ihm zugeteilt ist: ich habe nun mal das grüne, und ich behalte es. *Kleine Pause.* Das einzige, das zur Not in Betracht käme, wäre das des Herrn. *Schweigen.*

Ines: Haben Sie gehört, Garcin?

Garcin *auffahrend*: Das ... Sofa ... oh! Verzeihung! *Steht auf.* Es gehört Ihnen, Madame.

Estelle: Danke. *Zieht ihren Mantel aus, wirft ihn auf das Sofa; nach einer kleinen Pause:* Wollen wir uns doch miteinander bekanntmachen, da wir nun einmal zusammen hausen müssen. Mein Name ist Estelle Rigault.

Garcin *verbeugt sich, will ebenfalls seinen Namen nennen, doch*

Ines *kommt ihm zuvor*: Ines Serrano. Sehr erfreut.

Garcin *sich noch einmal verbeugend*: Joseph Garcin.

Kellner: Brauchen Sie mich noch?

Estelle: Nein, gehen Sie nur. Ich werde klingeln.

Kellner *nach Verbeugung ab.*

INES: Sie sind sehr schön. Ich hätte gern Blumen zu Ihrer Bewillkommnung.

ESTELLE: Blumen? Ja; Blumen liebte ich sehr. Hier würden sie welken: es ist viel zu heiß. Pah! Die Hauptsache ist doch, seine gute Laune zu behalten, nicht wahr? Sie sind ...

INES: Jawohl, vorige Woche, und Sie?

ESTELLE: Ich? Gestern. Die Feierlichkeiten sind nicht einmal ganz zu Ende. *Ihr Ton ist ganz natürlich, doch so, als erblicke sie das, wovon sie spricht.* Der Wind zerzaust den Schleier meiner Schwester. Sie strengt sich sehr an, zu weinen. Los! Los! Noch ein Drückerchen. Da! Zwei Tränen, zwei kleine Tränen erglänzen schon unterm Trauerschleier. Olga Jardet sieht heute vormittag sehr häßlich aus. Sie stützt meine Schwester mit dem Arm. Sie weint nicht, wegen der Augentusche, und ich muß sagen, an ihrer Stelle ... Sie war meine beste Freundin.

INES: Haben Sie sehr gelitten?

ESTELLE: Nein! Ich war eher stumpf.

INES: Was war ...?

ESTELLE: Lungenentzündung. *Spiel wie oben.* Also, jetzt ist's soweit: sie gehen. Guten Tag! Guten Tag! Was für ein Händeschütteln! Mein Mann ist zu Hause geblieben; er ist krank vor Kummer. *Zu Ines:* Und Sie?

INES: Gas.

ESTELLE: Und Sie, Monsieur?

GARCIN: Zwölf Kugeln unter die Haut. *Estelle fährt auf.* Ich bin kein sehr salonfähiger Toter.

ESTELLE: Oh, oh, Monsieur, wollen Sie doch bitte keine so rohen Worte gebrauchen. Das ist ... das ist unpassend. Was soll denn das auch heißen? Vielleicht waren wir niemals so lebendig. Wenn es unbedingt nötig ist, diesen ... Zustand beim Namen zu nennen, so schlage ich vor, daß man uns «Abwesende» nennt, das ist korrekter. Sind Sie schon lange abwesend?

GARCIN: Seit etwa einem Monat.

ESTELLE: Woher sind Sie?

GARCIN: Aus Rio.

ESTELLE: Ich aus Paris. Haben Sie noch jemanden ... drüben?

GARCIN: Meine Frau. *Spiel wie Estelle oben.* Wie jeden Tag ist sie zur Kaserne gekommen. Man hat sie nicht hineingelassen. Sie schaut durch das Gittergestänge. Sie weiß noch nicht, daß ich abwesend bin, aber sie ahnt es. Jetzt geht sie wieder. Sie ist in Schwarz. Desto besser: braucht sie sich nicht umzuziehen. Sie weint nicht: nie weinte sie. Ein schöner Sonnentag ist es, aber sie ganz schwarz in der verödeten Straße, mit ihren großen Blicken einer Geopferten. Ach, sie fällt mir auf die Nerven. *Er setzt sich wieder auf das mittlere Sofa und legt den Kopf in die Hände. Schweigen.*

INES: Estelle!

ESTELLE: Monsieur ... Monsieur Garcin!

GARCIN: Bitte?

ESTELLE: Sie sitzen auf meinem Sofa.

GARCIN: Pardon. *Steht auf.*

ESTELLE: Sie sind recht zerstreut.

GARCIN: Ich bringe mein Leben in Ordnung. *Da Ines auflacht:* Statt zu lachen, sollten die Herrschaften das auch tun.

INES: Mein Leben ist in Ordnung. Völlig in Ordnung. Drüben hat es sich von selbst geordnet, ich brauche mich darum nicht zu sorgen.

GARCIN: Wirklich? Sie glauben, das ist so einfach! *Fährt sich mit der Hand über die Stirn.* Was für eine Hitze! Gestatten Sie? *Er macht Anstalten, seinen Rock auszuziehen.*

ESTELLE: Nicht doch! *Ruhiger:* Mir graut vor Männern in Hemdsärmeln.

GARCIN *seinen Rock wieder anziehend*: Schön. *Pause.* Ich habe die Nächte in den Redaktionszimmern zugebracht. Da war stets eine Bullenhitze. *Kleine Pause; dann das Spiel wie oben.* Es ist noch eine Bullenhitze dort. Es ist Nacht.

ESTELLE: Wahrhaftig, ja, schon ist es Nacht. Olga zieht sich aus. Wie rasch die Zeit vergeht ... auf der Erde.

INES: Es ist Nacht. Sie haben die Tür zu meinem Zimmer versiegelt. Leer liegt das Zimmer im Dunkel.

GARCIN: Sie haben ihre Röcke über die Stuhllehnen gehängt und ihre Hemdsärmel bis über die Ellbogen hochgekrempelt. Es riecht nach Männern und Zigarren. *Pause.* Ich hauste gern inmitten hemdsärmeliger Männer.

ESTELLE: Nun, wir haben nicht den gleichen Geschmack. Da haben Sie den Beweis dafür. *Zu Ines:* Mögen Sie Männer in Hemdsärmeln gern?

INES: In Hemdsärmeln oder nicht: ich mag Männer überhaupt nicht sehr.

ESTELLE *beide entsetzt anschauend*: Aber warum, w a r u m hat man uns dann zusammengetan?

INES *einen Ausbruch unterdrückend*: Was sagen Sie da?

ESTELLE: Ich sehe Sie beide an, und ich denke doch, wir wollen zusammenbleiben ... Ich erwartete, Freunde, Verwandte vorzufinden.

INES: Einen sehr guten Freund mit einem Loch im Schädel.

ESTELLE: Den auch. Er tanzte Tango wie ein Eintänzer. Wir aber, wir, warum hat man uns zusammengetan?

GARCIN: Zufall wohl. Die Leute werden untergebracht, wie es kommt, in der Reihenfolge ihres Eintreffens. *Zu Ines:* Warum lachen Sie?

INES: Weil Sie mir lächerlich vorkommen ... mit Ihrem Zufall. Sie haben es wohl dringend nötig, sich selbst zu beschwichtigen? Nichts ist hier dem Zufall überlassen.

ESTELLE *schüchtern*: Aber wir haben uns vielleicht schon einmal früher getroffen?

INES: Nie. Ich würde Sie nicht vergessen haben.

ESTELLE: Oder dann haben wir gemeinsame Bekannte? Kennen Sie nicht die Dubois-Seymour?

INES: Das wäre mir neu.

ESTELLE: Sie empfangen Gott und die Welt.

INES: Was tun sie?

ESTELLE *erstaunt*: Sie tun nichts. Sie haben ein Schloß in der Corrèze und ...

INES: Ich war bei der Post angestellt.

ESTELLE: Ach? Dann allerdings ... *Pause.* Und Sie, Monsieur Garcin?

GARCIN: Ich bin nie aus Rio hinausgekommen.

ESTELLE: Wenn es so ist, dann haben Sie durchaus recht: der Zufall hat uns zusammengeführt.

INES: Der Zufall. Diese Möbel sind also zufällig hier. Zufällig ist der Diwan links spinatgrün und der Diwan rechts weinrot. Rein Zufall, wie? Nun, versuchen Sie doch einmal, sie umzustellen, und Sie werden was erleben. Und die Bronzestatuette ... ist auch Zufall? Und die Hitze? Diese Hitze hier? *Pause.* Ich sage Ihnen, das ist alles genau geregelt. Mit liebevollem Bedacht bis in die winzigsten Einzelheiten. Dieses Zimmer hier wartete auf uns.

ESTELLE: Aber wie denn das? Es ist alles so häßlich hier, so hart, so eckig. Ich habe Ecken und Kanten verabscheut.

INES *achselzuckend*: Meinen Sie, ich habe in einem Second-Empire-Salon gelebt? *Pause.*

ESTELLE: Es ist also alles vorgesehen?

INES: Alles. Wir passen ja wohl auch zusammen.

ESTELLE: Es ist nicht Zufall, daß Sie gerade mit mir zusammen sind? *Pause.* Was erwarten die denn?

INES: Das weiß ich nicht. Aber sie erwarten etwas.

ESTELLE: Ich kann das nicht ertragen, daß man etwas von mir erwartet. Dann bekomme ich sofort Lust, das Gegenteil zu tun.

INES: Nun, tun Sie es! So tun Sie es doch! Sie wissen ja nicht einmal, was die wollen.

ESTELLE *mit dem Fuß stampfend*: Das ist unerträglich. Und durch Sie beide soll mir etwas geschehen? *Sieht sie beide an.* Durch Sie beide. Ich kannte Gesichter, die mich sofort ansprachen. Aber die Ihren sagen mir nichts.

GARCIN *brüsk zu Ines*: Nun also, warum sind wir beisammen? Sie haben darüber schon zuviel gesagt: Sagen Sie a l l e s!

INES *erstaunt*: Aber ich weiß ja überhaupt nichts darüber.

GARCIN: Wir m ü s s e n es wissen. *Denkt einen Augenblick lang nach.*

INES: Wenn nur jeder von uns den Mut hätte, zu sagen ...

GARCIN: Was?

INES: Estelle!

ESTELLE: Bitte?

INES: Was haben Sie getan? Warum haben die Sie hierhergeschickt?

ESTELLE *heftig*: Aber ich weiß doch nicht, ich weiß es überhaupt nicht! Ich frage mich sogar, ob es nicht ein Irrtum ist. *Zu Ines:* Lächeln Sie nicht. Denken Sie an die Unzahl von Leuten, die ... alltäglich ... abwesend werden. Zu Tausenden kommen sie hierher, und haben es immer nur mit Unterbeamten zu tun, mit ungebildeten kleinen Angestellten. Wie sollen da keine Irrtümer vorkommen! Lächeln Sie doch nicht. *Zu Garcin:* Und Sie, sagen Sie auch etwas. Wenn die sich in meinem Fall geirrt haben, so können sie das auch in Ihrem Fall getan haben. *Zu Ines:* Und in Ihrem ebenfalls. Ist es nicht besser, wir glauben, daß wir irrtümlich hier sind?

INES: Ist das alles, was Sie zu sagen haben?

ESTELLE: Was wollen Sie noch wissen? Ich habe nichts zu verheimlichen. Ich war eine arme Waise, hatte meinen jüngeren Bruder aufzuziehen. Ein alter Freund meines Vaters hielt um mich an. Er war reich und gutmütig, so nahm ich an. Was hätten Sie an meiner Stelle getan? Mein Bruder war krank; seine Gesundheit erforderte sorgsame Pflege. Sechs Jahre habe ich mit meinem Gatten ungetrübt zusammen gelebt. Vor zwei Jahren traf ich den Mann, den zu lieben mir bestimmt war. Auf der Stelle haben wir einander erkannt; er wollte, ich solle mit ihm davongehen; ich weigerte mich. Dann bekam ich meine Lungenentzündung. Das ist alles. Allenfalls könnte man mir im Namen gewisser Grundsätze einen Vorwurf daraus machen, daß ich meine Jugend einem Greis geopfert habe. *Zu Garcin:* Halten Sie das für eine Schuld?

GARCIN: Gewiß nicht. *Pause.* Und Sie, finden Sie, es sei eine Schuld, wenn man seinen Grundsätzen nachlebt?

ESTELLE: Wer könnte Ihnen das vorwerfen?

GARCIN: Ich leitete eine pazifistische Zeitung. Da bricht der Krieg aus. Was tun? Alles blickt gespannt auf mich. «Wird er es wagen?» Nun, ich hab's gewagt. Ich machte nicht mit. Und sie erschossen mich. Wo ist die Schuld? Wo ist hier Schuld?

ESTELLE *die Hand auf seinen Arm legend*: Da gibt es keine Schuld. Sie sind ...

INES *ironisch einfallend*: Ein Held. Und Ihre Frau, Garcin?

GARCIN: Nun ... was denn? ... Ich habe sie aus der Gosse geholt.

ESTELLE *zu Ines*: Da sehen Sie! Sehen Sie!

INES: Ich sehe. *Pause.* Für wen spielen Sie diese Komödie? Wir sind unter uns.

ESTELLE *in hochnäsigem Ton*: Unter uns?

INES: Unter Mördern. Wir sind in der Hölle, mein Kind. Irrtümer sind ausgeschlossen; umsonst wird keiner verdammt.

ESTELLE: Schweigen Sie!

INES: In der Hölle! Verdammt! Verdammte!

ESTELLE: Schweigen Sie! So schweigen Sie doch! Ich verbiete Ihnen, gemeine Worte zu gebrauchen.

INES: Eine Verdammte, die kleine Heilige. Ein Verdammter, der untadelige Held. Wir haben unsere Stunde des Vergnügens ausgekostet, nicht wahr? Andere Leute haben unseretwegen auf den Tod gelitten, und das machte uns viel Vergnügen. Jetzt heißt es bezahlen.

GARCIN: Wollen Sie jetzt den Mund halten? *Hebt die Hand.*

INES *ihn furchtlos, nur äußerst erstaunt ansehend*: Ha! *Pause.* Halt! Ich verstehe jetzt! Ich weiß, warum man uns zusammengesperrt hat!

GARCIN: Sehen Sie sich vor, was Sie sagen!

INES: Sie werden erkennen, wie dumm das ist. Dumm wie Bohnenstroh! Körperliche Folter gibt's keine, nicht wahr? Und doch sind wir in der Hölle. Es kommt auch niemand. Niemand. Wir, allein bleiben wir zusammen bis ans Ende. So ist's doch? Allerdings einer fehlt: der Henker.

GARCIN *halblaut*: Ich weiß wohl.

INES: Nun, Einsparung von Personal! Das ist das Ganze. Die Gäste bedienen sich selbst, wie in den Gemeinschaftsküchen.

ESTELLE: Was wollen Sie damit sagen?

INES: Der Henker – das ist jeder von uns für die beiden andern.
Pause zur Verdauung dieser Mitteilung.

GARCIN *in weichem Ton*: Ich werde nicht Ihr Henker sein. Ich habe nichts gegen Sie und ich habe nichts mit Ihnen zu schaffen. Nichts. Das ist ganz einfach. So also: jeder in seinem Winkel; das ist unser Gegenzug. Sie da, Sie dort, ich hier. Und: Schweigen. Kein Wort! Das ist nicht schwer, nicht wahr? Jeder von uns hat genug mit sich selbst zu tun. Ich glaube, ich könnte zehntausend Jahre lang stumm bleiben.

ESTELLE: Ich soll stumm bleiben?

Garcin: Jawohl. Dann ... dann sind wir gerettet. Schweigen. In sich hineinblicken, niemals auch nur den Kopf heben. Einverstanden?

Ines: Einverstanden.

Estelle *nach einigem Zögern*: Einverstanden.

Garcin: Also, adieu. *Er geht zu seinem Diwan, legt den Kopf in die Hände. Schweigen.*

Ines *beginnt vor sich hin zu singen*:

In der Dominikanergass'
richt' man's Gerüst zum großen Spaß,
füllt mit Kleie ein kleines Faß,
ein Schafott, ei, scheint mir das
in der Dominikanergass'.

In der Dominikanergass'
Henker rasch sein Frühstück aß,
Kundschaft kriegt er heut en masse:
Exzellenzen nimmt er Maß,
Eminenz beißt auch ins Gras
in der Dominikanergass'.

In der Dominikanergass'
schöne Damen gehn fürbaß
fein in Seide und Atlas,
doch vom Hals ab fehlt etwas:
Köpfchen fiel ins Kleiefaß,
Hütchen wird im Rinnstein naß,
in der Goss' der Dominikanergass'.

Estelle *hat inzwischen Puderdose und Lippenstift herausgenommen, beginnt, sich herzurichten, sucht unruhig nach einem Spiegel. Da sie im Zimmer keinen findet, kramt sie in ihrer Handtasche, wendet sich dann an Garcin*: Monsieur, haben Sie einen Spiegel? *Da Garcin nicht antwortet:* Einen Spiegel, einen Taschenspiegel, was es auch ist? *Da Garcin noch immer nicht antwortet:* Wenn Sie mich ganz für mich lassen, so verschaffen Sie mir wenigstens einen Spiegel. *Garcin, den Kopf in den Händen vergraben, bleibt stumm.*

Ines *beflissen*: Ich, ich habe einen Spiegel in meiner Handtasche. *Sie kramt in ihrer Handtasche; findet nichts, ärgerlich:* Ich habe ihn nicht mehr. Man hat ihn mir wohl im Aufnahmebüro abgenommen.

Estelle: Das ist aber ärgerlich. *Pause. Sie macht die Augen zu, schwankt.*

INES *herzuspringend und sie stützend*: Was haben Sie denn?

ESTELLE *die Augen wieder aufschlagend, lächelnd*: Ich habe so ein sonderbares Gefühl. *Sie betastet sich.* Haben Sie nicht auch den Eindruck bei Ihnen selbst: wenn ich mich nicht sehe, kann ich mich betasten soviel ich will, doch ich frage mich, ob ich wirklich existiere.

INES: Sie haben Glück. Ich ... ich empfinde mich immer von innen her.

ESTELLE: Na ja, von innen her. Alles, was in den Köpfen vorgeht, ist so unbestimmt, das schläfert mich ein. *Pause.* In meinem Schlafzimmer sind sechs große Spiegel. Ich sehe sie. Aber sie sehen mich nicht. Sie geben die Couchette wieder, den Teppich, das Fenster ... wie leer das ist: ein Spiegel, in dem ich nicht bin. Wenn ich sprach, dann richtete ich es so ein, daß stets ein Spiegel da war, in dem ich mich erblicken konnte. Ich sprach, sah mich sprechen. Ich sah mich, wie die Leute mich sahen; das hielt mich wach. *Verzweifelt:* Meine Lippen ... sicher habe ich das Rot falsch aufgetragen. Ich kann aber doch nicht in alle Ewigkeit ohne Spiegel bleiben.

INES: Soll ich Ihnen als Spiegel dienen? Kommen Sie, ich lade Sie zu mir ein. Setzen Sie sich auf meinen Diwan.

ESTELLE *auf Garcin deutend*: Aber ...

INES: Kümmern wir uns nicht um ihn.

ESTELLE: Wir werden einander weh tun: Sie selbst haben das gesagt.

INES: Sehe ich so aus, als ob ich Ihnen ein Leid antun wolle?

ESTELLE: Man weiß ja nie ...

INES: Du wirst mir weh tun. Aber was macht das aus! Da man nun einmal leiden muß, so mag es durch dich geschehen. Setz dich. Rück näher. Noch näher. Sieh mir in die Augen: siehst du dich darin?

ESTELLE: Ich bin ganz klein. Sehr schlecht sehe ich mich.

INES: Ich ... ich sehe dich. Ganz. Stelle mir Fragen. Kein Spiegel kann getreuer sein.

ESTELLE *etwas betreten, dreht sich zu Garcin um, als wolle sie ihn zu Hilfe rufen*: Monsieur! Monsieur! Langweilen wir Sie nicht mit unserem Geschwätz?

GARCIN *schweigt.*

INES: Laß ihn. Er zählt nicht mehr mit. Wir sind allein. Befrage mich.

ESTELLE: Habe ich meine Lippen gut geschminkt?

INES: Zeig her. Nicht sehr gut.

ESTELLE: Ich dachte es mir. Glücklicherweise – *blickt zu Garcin hin* – hat mich niemand gesehen. Ich mache sie noch mal frisch.

INES: Das ist auch besser. Nein. Ziehe den Umriß der Lippen nach: ich werde dir die Hand führen. So ... so ... Jetzt ist's gut.

ESTELLE: Ebensogut wie vorhin, als ich hereinkam?

INES: Besser: satter, grausamer. Dein Höllenmund.

ESTELLE: Hm! Und es ist wirklich gut? Es macht mich ganz nervös, daß ich es nicht selbst beurteilen kann. Sie schwören mir, daß es gut ist so?

INES: Willst du nicht «Du» zu mir sagen?

ESTELLE: Du schwörst mir, daß es so gut ist?

INES: Du bist schön.

ESTELLE: Ja, haben Sie denn auch Geschmack? Haben Sie m e i n e n Geschmack? Ach, das macht einen verrückt, das macht einen verrückt.

INES: Ich habe deinen Geschmack, denn du gefällst mir. Blicke mich gut an. Lächle mich an. Ich bin auch nicht häßlich. Bin ich nicht mehr wert als ein Spiegel?

ESTELLE: Ich weiß nicht. Sie machen mir angst. Mein Bild in den Spiegeln war zahm geworden. Es war mir so vertraut ... Ich werde lächeln: mein Lächeln wird auf den Grund Ihrer Pupillen dringen, und Gott weiß, was dort aus ihm wird.

INES: Wer hindert dich, mich zu zähmen? *Sie blicken sich an. Estelle lächelt, wie leicht fasziniert.* Du willst mich also auf keinen Fall duzen?

ESTELLE: Es fällt mir schwer, Frauen zu duzen.

INES: Und besonders wohl Postfräulein? Was hast du da, unten an der Wange? Einen roten Fleck?

ESTELLE *emporfahrend*: Einen roten Fleck? Das ist ja scheußlich! Wo denn?

INES: Na, na, na ... Ich bin der Lerchenspiegel; meine kleine Lerche, bist mir auf den Leim gegangen! Ist gar kein Rot da, nicht das kleinste bißchen. Hä? Wie wär das, wenn der Spiegel sich aufs Lügen verlegte? Oder, wenn ich die Augen schlösse, wenn ich mich weigerte, dich anzuschauen, was fingest du mit all der Schönheit an? Keine Angst: ich muß dich ja ansehen, meine Augen bleiben weit offen. Ich werde nett sein, sehr nett. Aber du mußt «Du» zu mir sagen.

ESTELLE *nach kleiner Pause*: Gefalle ich dir?

INES: Sehr.

ESTELLE *nach weiterer Pause, mit einer Kopfwendung auf Garcin weisend*: Ich möchte, daß er mich auch anschaut.

INES: Haha! Weil er ein Mann ist! *Zu Garcin:* Sie haben gesiegt. *Garcin schweigt.* Sehen Sie die doch an! *Garcin schweigt.* Spielen Sie kein Theater: kein Wort, das wir gesprochen haben, ist Ihnen entgangen.

GARCIN *mit heftiger Bewegung den Kopf hebend*: Das können Sie wohl sagen ... nicht ein Wort: daß ich mir die Finger in die Ohren stopfte, nutzte nichts; Sie haben mir den Kopf vollgeschwätzt. Wollen Sie mich jetzt in Frieden lassen? Ich habe mit Ihnen nichts zu schaffen.

INES: Und mit der Kleinen da haben Sie auch nichts zu schaffen? Ich durchschaue ja Ihr Getue: Sie spielen sich bloß auf, um sich bei ihr interessant zu machen.

GARCIN: Ich sage Ihnen, Sie sollen mich in Ruhe lassen. Jemand auf der Zeitung spricht von mir, und da möchte ich zuhören. Ich pfeife auf die Kleine da ... Dies zu Ihrer Beruhigung!

ESTELLE: Danke.

GARCIN: Ich wollte nicht ungezogen sein ...

ESTELLE: Flegel! *Alle stehen da, die Gesichter einander zugewandt; nach einer Pause*

GARCIN: Da haben wir's! *Kleine Pause.* Ich hatte Sie so gebeten, still zu sein.

ESTELLE: Sie hat angefangen. Sie mußte mir ja ihren Spiegel aufdrängen; ich habe nichts von ihr verlangt.

INES: Nein. Du hast dich an ihn herangemacht und ihm Gesichter geschnitten, damit er dich anschaut.

ESTELLE: Na und ...?

GARCIN: Seid ihr toll? Seht ihr denn nicht, wo das hinführt? Haltet doch den Mund! *Pause.* Wir werden uns jetzt wieder hübsch still hinsetzen, werden die Augen zumachen, und jedes wird die Anwesenheit des andern zu vergessen suchen. *Kleine Pause, dann setzt er sich hin. Zögernd tun das die beiden Frauen ebenfalls. Plötzlich fährt*

INES *mit einem Ruck herum*: Hach! Vergessen. Kindisches Geschwätz! Ich spüre Sie bis ins Mark. Ihr Schweigen brüllt mir die Ohren voll. Nageln Sie sich den Mund zu, schneiden Sie sich die Zunge heraus, können Sie es verhindern, vorhanden zu sein? Da zu sein? Können Sie Ihrem Denken Einhalt tun? Ich höre es, wie es tickt, tick-tack, gleich einer Weckuhr, und ich weiß: Sie hören auch das meine. Kauern Sie sich nur in Ihre Sofaecke; Sie sind überall, jeder Klang dringt beschmutzt zu mir, weil Sie ihn im Vorbeigehen vernommen haben. Selbst mein Gesicht haben Sie mir gestohlen: Sie kennen es, und ich kenne es nicht. Und Sie? Sie? Gestohlen haben Sie sie mir: wenn wir allein wären, glauben Sie, sie wagte, mich zu behandeln, wie sie es tut? Nein, nein: nehmen Sie Ihre Hände vom Gesicht, ich lasse Sie nicht in Ruhe, das wäre gar zu bequem. Dann säßen Sie da, ungerührt, in sich versunken wie ein Buddha, ich aber: mit geschlossenen Augen empfände ich, daß sie alle Geräusche ihres Lebens Ihnen darbringt, selbst das Rascheln ihres Kleids, und daß ihr Lächeln zu Ihnen hinfliegt, ohne daß Sie es sehen... Nein, das nicht! Ich will mir meine Hölle selbst erwählen; voll will ich Sie ansehen und mit offenem Visier kämpfen.

GARCIN: Gut denn. Dahin hat es ja wohl kommen müssen; die sind mit uns umgesprungen wie mit Kindern... Wenn sie mich mit Männern zusammengesteckt hätten... Männer können schweigen. Doch man darf nicht zuviel verlangen. *Er geht auf Estelle zu und hebt ihr mit der Hand das Kinn hoch.* Na, Kleine, gefalle ich dir? Du hast mir ja wohl schöne Augen gemacht?

ESTELLE: Rühren Sie mich nicht an.

GARCIN: Ach was! Nur keine Umstände! Ich liebte die Frauen sehr, mußt du wissen. Und sie liebten mich auch sehr. Laß dich gehen, wir haben ja nichts mehr zu verlieren. Höflichkeit, wozu? Feierliche Formen – wozu? Unter uns hier! Mit eins werden wir nackt sein wie Würmer.

ESTELLE: Lassen Sie mich in Ruhe.

GARCIN: Wie die Würmer! Ja, ja, ich habe Sie gewarnt. Ich, ich habe nichts von Ihnen verlangt, nichts als ein bißchen Frieden und Stille. Ich hatte meine Finger in die Ohren gesteckt. Gomez stand da zwischen den Schreibtischen und redete; alle Kollegen von der Zeitung hörten ihm zu. In Hemdsärmeln. Ich suchte zu verstehen, was sie sagten, es war schwierig: auf der Erde geht alles so rasch vor sich. Konnten Sie denn nicht still sein? Jetzt ist's aus, er sagt nichts mehr; was er über mich denkt, das ist wieder in seinen Kopf zurückgeschlüpft. Nun, wir müssen der Sache doch bis ans Ende nachgehen. Nackt wie die Würmer: ich will wissen, mit wem ich es hier zu tun habe.

INES: Sie wissen es ja. Sie wissen es doch jetzt.

GARCIN: So lange wir uns nicht gegenseitig gestanden haben, weswegen wir verdammt sind, wissen wir nichts. Du, kleine Blonde, fang an! Weswegen? Sag es uns: weswegen. Deine Offenheit vermag uns manches Unglück zu ersparen; wenn wir die Ungeheuer kennen, die uns... Also, sprich, weswegen?

ESTELLE: Ich kann nur sagen: Ich weiß es nicht. Sie haben es mir nicht mitteilen wollen.

GARCIN: Ich weiß wohl. Mir haben sie auch keine Antwort geben wollen. Aber ich weiß Bescheid. Hast du Angst, zuerst zu sprechen? Schön. So werde ich den Anfang machen. *Schweigen.* Ein schöner Schweinehund bin ich gewesen.

INES: Schon gut. Wir wissen, daß Sie fahnenflüchtig geworden sind.

GARCIN: Lassen Sie das. Sprechen Sie niemals davon. Ich bin hier, weil ich meine Frau gequält habe. Das ist alles. Fünf Jahre lang. Sie leidet, wohlgemerkt, noch immer. Da... sobald ich von ihr spreche, sehe ich sie. Ich interessierte mich für Gomez, doch ich sehe s i e. Wo ist Gomez? Fünf Jahre lang. So was ... Sie haben ihr meine Sachen übergeben; sie sitzt am Fenster mit meinem Rock auf dem Schoß. Dem Rock mit den zwölf Schußlöchern. Das Blut könnte man für Rost halten. Die Einschußränder sind gerötet ... Haha! Haha! Ein Museumsstück, ein historisches Jackett. Ja, das habe ich getragen! Wirst du weinen? Wirst du am Ende doch weinen? Betrunken wie ein Schwein kam ich nach Hause, ich roch nach Wein und Weib. Die ganze Nacht hatte sie auf mich gewartet; sie weinte nicht. Kein Wort des Vorwurfs, selbstverständlich. Nur: ihre Augen. Ihre großen Augen. Ich bereue nicht. Es schneit draußen. Wirst du doch weinen? Eine Frau, die zur Märtyrerin bestimmt ist.

INES *fast weich*: Warum haben Sie ihr Schmerzen bereitet?

GARCIN: Weil es so leicht war. Ein Wort genügte, daß sie sich verfärbte; eine empfindsame Seele. Ha! Keine Vorwürfe! Ich bin nun einmal zanksüchtig ... Ich wartete, immer wartete ich. Aber nein, nicht eine Träne, nicht ein Vorwurf. Ich hatte sie aus der Gosse geholt, verstehen Sie? Sie streicht mit der Hand über den Rock, ohne draufzuschauen. Ohne hinzusehen, sucht sie mit den Fingern die Schußlöcher. Worauf wartest du? Worauf hoffst du? Ich sage dir, daß ich nicht bereue. Mit einem Wort: sie bewunderte mich zu sehr. Verstehen Sie das?

INES: Nein. Mich bewunderte niemand.

GARCIN: Um so besser. Um so besser für Sie. All das erscheint Ihnen wohl etwas allgemein. Nun, hier haben Sie ein kleines Bild: Ich hatte eine Mulattin ins Haus genommen. Nächte waren das! Meine Frau schlief im Oberstock, sie mußte uns hören. Sie stand zuerst auf, und da wir bis tief in den Morgen hinein schliefen, brachte sie uns das Frühstück ans Bett.

INES: Schuft!

GARCIN: Ja doch, jawohl, der vielgeliebte Schuft. *Er scheint zerstreut.* Nein, nichts. Es ist Gomez, aber er spricht nicht von mir. Ein Schuft, sagen Sie? Na klar: was hätte ich sonst hier zu suchen? Und Sie?

INES: Nun, ich war, was man drüben eine Verdammte nennt. Dort bereits: eine Verdammte. Sehr erstaunlich war es also nicht.

GARCIN: Das ist alles ...

INES: Nein. Da ist auch noch die Angelegenheit mit Florence. Aber es dreht sich dabei um Tote. Drei Tote. Erst er, dann sie und ich. Drüben ist keiner mehr, ich bin beruhigt; lediglich das Zimmer. Das Zimmer sehe ich hin und wieder. Leer, die Läden geschlossen. Ei, ei! Zu guter Letzt haben sie doch die Siegel fortgenommen. Zu vermieten! Wird vermietet. An der Tür hängt ein Schild. Ist ja... lachhaft.

Garcin: Drei. Sagten Sie nicht drei?

Ines: Drei.

Garcin: Ein Mann und zwei Frauen?

Ines: Ja.

Garcin: Sieh mal an. *Pause.* Er hat sich umgebracht?

Ines: Er? Dazu war er gar nicht imstande. Aber nicht deshalb, weil er nicht gelitten hätte. Nein, er ist von einem Tramwagen überfahren worden. Geradezu ein Witz! Ich wohnte bei ihnen; er war mein Vetter.

Garcin: Florence war blond?

Ines: Blond? *Blickt auf Estelle.* Wissen Sie, ich bereue nichts, aber es macht mir nicht allzu großen Spaß, Ihnen das zu erzählen.

Garcin: Na, nur weiter! Er wurde Ihnen zuwider?

Ines: Nach und nach. Eins kam zum andern: hier ein Wort und da ein Wort. Zum Beispiel: beim Trinken schlürfte er laut, blies durch die Nase ins Glas. Winzigkeiten. Ach, dabei ein armer Teufel, leicht verletzlich. Warum lächeln Sie?

Garcin: Weil ich nicht leicht verletzlich bin.

Ines: Das merkt man. Ich habe mich in sie eingeschlichen, bis sie ihn mit meinen Augen sah. Zu guter Letzt blieb sie mir auf dem Hals. Wir haben am anderen Ende der Stadt ein Zimmer genommen.

Garcin: Und dann?

Ines: Dann passierte das mit der Tram. Alle Tage sagte ich ihr: Na, Kindchen, wir haben ihn umgebracht. *Pause.* Ich bin schlecht.

Garcin: Ja, ich auch.

Ines: Nein, Sie... Sie sind nicht schlecht. Das ist was anderes.

Garcin: Was?

Ines: Das sage ich Ihnen später. Ich bin schlecht: das heißt: ich brauche das Leiden anderer, um bestehen zu können. Eine Fackel. Eine Fackel in den Herzen. Wenn ich allein bin, verlösche ich. Ein volles Jahr habe ich in ihrem Herzen gelodert, habe ich es ausgebrannt. Eines Nachts stand sie auf; sie muß, ohne daß ich es merkte, den Gashahn geöffnet und sich dann wieder neben mich gelegt haben. So!

Garcin: Hamhm!

Ines: Wie?

Garcin: Nichts. Die Sache ist nicht hasenrein.

Ines: Nein, gewiß, das ist sie nicht. Wenn schon...

Garcin: Ach... Sie haben recht. *Zu Estelle:* Zu dir jetzt. Was hast du getan?

ESTELLE: Ich habe Ihnen schon gesagt, daß ich es nicht weiß. Soviel ich mich auch selbst frage...

GARCIN: Schön. Wir werden dir helfen. Der Kerl da mit dem verstümmelten Gesicht, wer ist das?

ESTELLE: Welcher Kerl?

INES: Du weißt ganz gut. Der, vor dem du Angst hattest, als du hereinkamst.

ESTELLE: Ein Freund von mir.

GARCIN: Warum hattest du Angst vor ihm?

ESTELLE: Ihr habt nicht das Recht, mich auszufragen.

INES: Er hat sich um deinetwillen umgebracht?

ESTELLE: Aber nein, Sie sind verrückt.

GARCIN: Warum flößte er dir dann Angst ein? Er hat sich eine Kugel ins Gesicht geschossen? Wie? Warum hat er keinen Kopf mehr?

ESTELLE: Schweigen Sie! Schweigen Sie doch!

GARCIN: Um deinetwillen! Um deinetwillen!

INES: Eine Kugel um deinetwillen.

ESTELLE: Laßt mich in Ruhe. Ihr macht mir angst! Ich will fort! Ich will hinaus! *Stürzt zur Tür, rüttelt daran.*

GARCIN: Geh nur! Ich meinerseits wünsche mir nichts Besseres. Nur ist die Tür von außen verschlossen.

ESTELLE *drückt auf die Klingel. Es läutet nicht.*

INES *und* GARCIN *lachen.*

ESTELLE *dreht sich um, bleibt wider die Tür gelehnt stehen; mit heiserer Stimme, langsam*: Ihr seid gemein.

INES: Sehr richtig, gemein. Nun also? Der Kerl hat sich doch deinetwegen umgebracht. Er war dein Liebhaber?

GARCIN: Selbstverständlich war er ihr Liebhaber. Er wollte sie für sich allein haben. Stimmt es nicht?

INES: Er tanzte Tango wie ein Eintänzer, aber er war arm, nehme ich an. *Pause.*

GARCIN: Du wirst gefragt, ob er arm war?

ESTELLE: Ja, er war arm.

GARCIN: Und dann mußtest du ja auch auf deinen guten Ruf achtgeben. Eines schönen Tages hat er sich dir zu Füßen geworfen und da hast du ihn ausgelacht.

INES: Hä? Hä? Du hast ihn ausgelacht? Und darum hat er sich erschossen?

ESTELLE: Mit diesen Augen hast du Florence angeschaut?

INES: Ja. *Pause.*

ESTELLE *in Lachen ausbrechend*: Ihr seid ganz auf dem Holzwege. *Sie richtet sich hoch auf; immer noch an die Tür gelehnt sieht sie bei-*

de an. Dann, in trockenem, herausforderndem Ton: Er wollte mir ein Kind machen. So, seid ihr nun zufrieden?

GARCIN: Und du wolltest keines?

ESTELLE: Nein. Aber das Kind kam doch. Ich ging für fünf Monate in die Schweiz. Niemand wußte davon. Es war ein Mädchen. Roger war bei seiner Geburt dabei. Es machte ihm einen Heidenspaß, daß er eine Tochter hatte. Mir nicht.

GARCIN: Und dann?

ESTELLE: Es war ein Balkon da, auf den See hinaus. Ich holte einen schweren Stein. Roger schrie: «Estelle, ich bitte dich, ich flehe dich an.» Er widerte mich an. Er hat alles mitangesehen. Er hat sich über den Balkon gebeugt, hat die Wasserringe im See gesehen.

GARCIN: Und dann?

ESTELLE: Das ist alles. Ich fuhr nach Paris zurück. Er tat, was er nicht lassen konnte.

GARCIN: Schoß sich eine Kugel in den Kopf?

ESTELLE: Eben, es war nicht der Mühe wert. Mein Mann hatte überhaupt nichts gemerkt. *Pause.* Ich hasse euch. *Ein trockenes Schluchzen schüttelt sie.*

GARCIN: Nutzlos. Hier fließen keine Tränen.

ESTELLE: Ich bin feige! Ich bin feige! *Pause.* Wenn ihr wüßtet, wie ich euch hasse!

INES *die Arme um sie legend*: Armes Kind! *Zu Garcin:* Die Untersuchung ist geschlossen. Sie brauchen die Henkerfratze nicht mehr beizubehalten.

GARCIN: Henker?... *Blickt sich im Zimmer um.* Ich gäbe was drum, wenn ich mich in einem Spiegel sehen könnte. *Pause.* Diese Hitze! *Zieht mechanisch seinen Rock aus.* Ach, pardon! *Will ihn wieder anziehen.*

ESTELLE: Bleiben Sie nur in Hemdsärmeln. Jetzt...

GARCIN: Ja. *Wirft den Rock auf das Sofa.* Sie dürfen mir nicht böse sein, Estelle.

ESTELLE: Ich bin Ihnen nicht böse.

INES: Und mir? Mir bist du böse?

ESTELLE: Ja. *Pause.*

INES: Nun, Garcin? Jetzt sind wir also nackt wie die Würmer; sind Sie sich jetzt klarer geworden?

GARCIN: Ich weiß nicht. Vielleicht ein bißchen klarer. *Zaghaft.* Können wir nicht versuchen, einander zu helfen?

INES: Ich brauche keine Hilfe.

GARCIN: Ines, die haben alle Fäden ineinandergeknäuelt. Machen Sie auch nur die kleinste Gebärde, heben Sie bloß die Hand, um sich zu fächeln, so empfinden Estelle und ich die Erschütterung. Keines von uns vermag sich allein zu retten; wir müssen uns entweder gemeinsam zugrunde richten, oder uns gemeinsam aus der Affäre ziehen. Ihr habt zu wählen. *Pause.* Was ist denn?

INES: Sie haben es vermietet. Die Fenster stehen weit offen, ein Mann sitzt auf dem Bett. Sie haben es vermietet. Sie haben es vermietet! Hereinspaziert, hereinspaziert, ohne Bedenken... Eine Frau... Sie geht zu ihm hin und legt ihm die Hände auf die Schultern... Warum zünden sie das Licht nicht an, man sieht ja nichts mehr; wollen sie sich küssen? Das Zimmer gehört doch mir! Es ist mein Zimmer! Warum machen sie denn kein Licht an? Ich kann sie nicht mehr erkennen. Was flüstern sie denn? Will er auf m e i n e m Bett mit ihr schäkern? Sie sagt zu ihm, es sei Mittag und heller Sonnenschein. Ich erblinde also. *Pause.* Aus. Nichts mehr. Ich sehe nichts mehr, höre nichts mehr. Ich bin also wohl fertig mit der Erde. Adressat verzogen. *Es überläuft sie.* Ich fühle mich leer. Jetzt bin ich ganz und gar tot. Nur noch hier. *Pause.* Sagten Sie etwas? Sie sprachen davon, mir helfen zu wollen, glaube ich?

GARCIN: Ja.

INES: Wobei?

GARCIN: Denen ein Schnippchen zu schlagen.

INES: Und was habe ich dafür zu tun?

GARCIN: Mir zu helfen. Dazu braucht es wenig, Ines: nur ein wenig guten Willen.

INES: Guten Willen... Wo soll ich welchen hernehmen? Ich bin faul bis ins Mark.

GARCIN: Und ich? *Pause.* Wenn wir es trotzdem versuchten?

INES: Ich bin ausgedörrt. Ich kann weder nehmen noch geben, wie soll ich Ihnen da helfen? Ein dürrer Ast, reif für das Feuer. *Pause; sie wirft einen Blick auf Estelle, die den Kopf mit ihren Händen bedeckt.* Florence war blond.

GARCIN: Wissen Sie, daß diese Kleine hier Ihre Henkerin sein wird?

INES: Ich habe – so etwas geahnt.

GARCIN: Mittels dieser Kleinen werden die Sie fangen. Was mich angeht, so... so... nun, ich schenke ihr keinerlei Beachtung. Doch Ihrerseits...

INES: Was?

GARCIN: Es ist eine Falle. Die belauern Sie, um herauszubekommen, ob Sie sich darin fangen lassen.

INES: Ich weiß schon. Sie, auch Sie sind eine Falle. Meinen Sie, die haben nicht Ihre Worte vorausgewußt? Und daß nicht irgendwelche Schlingen versteckt sind, die wir nicht sehen? Alles ist Falle. Aber was schert mich das? Auch ich, ich bin auch eine Falle. Eine Falle für die Kleine da. Kann sein, daß ich sie fange.

GARCIN: Sie werden gar nichts fangen. Wir laufen hintereinander her wie die Karussellpferde, ohne uns jemals einzuholen: glauben Sie mir, das ist von denen alles so eingerichtet. Lassen Sie locker, Ines. Öffnen Sie die Hände, lassen Sie die Beute fahren. Sonst bringen Sie uns alle drei ins Unglück.

INES: Sehe ich aus, als ließe ich eine Beute fahren? Ich weiß, was meiner wartet. Brennen werde ich, ich brenne und weiß dabei, daß es niemals endet; ich weiß alles; glauben Sie, ich werde meine Beute fahrenlassen? Ich werde sie haben und halten. Sie wird Sie mit meinen Augen sehen, wie Florence den andern sah. Was reden Sie mir da von Ihrem Unglück; ich sage Ihnen, daß ich alles weiß, und daß ich nicht einmal Mitleid mit mir aufbringe. Eine Falle, haha! Eine Falle. Natürlich, ich sitze in der Falle. Was weiter? Desto besser, wenn die zufrieden sind.

GARCIN *sie an der Schulter fassend*: Ich, ich vermag Mitleid für Sie aufzubringen. Sehen Sie mich an: wir sind nackt. Nackt bis auf die Knochen: ich kenne Sie bis ins Herz hinein. Das ist ein Band: glauben Sie, ich möchte Ihnen ein Leid antun? Ich bereue nicht, ich klage nicht; auch ich bin vertrocknet. Aber für Sie vermag ich Mitleid zu empfinden.

INES *die ihn während seiner Worte gewähren ließ, ihn nun abschüttelnd*: Rühren Sie mich nicht an. Ich hasse das, daß mich jemand berührt. Behalten Sie Ihr Mitleid für sich. Ja, Garcin, in diesem Zimmer sind auch allerhand Fallen für Sie. Ja, für Sie. Aufgestellt für Sie. Es wäre gescheiter, Sie kehrten vor der eigenen Tür. *Pause.* Wenn Sie uns beide hier, die Kleine und mich, völlig in Ruhe lassen, dann werde ich mich bemühen, Ihnen nicht zu schaden.

GARCIN *nach einem kurzen Blick auf sie, die Achseln zuckend*: Schön.

ESTELLE *den Kopf hebend*: Zu Hilfe, Garcin.

GARCIN: Was wollen Sie von mir?

ESTELLE *aufstehend und an ihn herantretend*: Sie können mir helfen.

GARCIN: Wenden Sie sich an sie.

INES *tritt an Estelle heran, stellt sich von rückwärts dicht hinter sie, doch ohne sie zu berühren. Im folgenden spricht sie ihr fast ins Ohr.*

ESTELLE *jedoch richtet, dem sie wortlos anblickenden Garcin zugewandt, ihre Antworten nur an diesen, als ob er es sei, der sie ausfrage*: Ich bitte Sie, Garcin, Sie haben es versprochen, Sie haben es versprochen! Rasch, rasch, ich mag nicht allein bleiben. Olga hat ihn zum Tanzlokal mitgenommen.

INES: Wen hat sie mitgenommen?

ESTELLE: Pierre. Sie tanzen zusammen.

INES: Wer ist Pierre?

ESTELLE: Ein junges Bürschchen. Er nannte mich immer seinen Lebensquell. Er liebt mich. Sie hat ihn ins Tanzlokal mitgenommen.

INES: Du liebst ihn?

ESTELLE: Sie setzen sich wieder. Sie ist ganz atemlos. Warum tanzt sie denn? Höchstens zum Schlankwerden. Selbstverständlich nicht. Selbstverständlich liebe ich ihn nicht: er ist achtzehn Jahre, ich bin doch keine Kinderfresserin.

INES: Dann laß sie doch! Was kann dir das ausmachen?

ESTELLE: Er gehörte mir.

INES: Nichts auf Erden gehört dir mehr.

ESTELLE: Er war mein.

INES: Ja, er war ... Versuch doch, ihn zu nehmen, ihn zu berühren. Olga kann ihn berühren, sie kann das. Nichts? Nicht wahr? Sie kann seine Hände fassen, an seine Knie anstreifen.

ESTELLE: Sie drängt ihren Riesenbusen an ihn heran, sie keucht ihm ins Gesicht. Kleiner Däumling, armer kleiner Däumling, warum lachst du ihr denn nicht ins Gesicht? Ach ... Ein Blick von mir hätte genügt, und sie würde das niemals gewagt haben ... Bin ich denn wirklich nichts mehr?

INES: Gar nichts. Nichts von dir mehr auf Erden, alles, was dein ist, ist hier. Willst du das Papiermesser? Die Statuette von Barbedienne? Das blaue Sofa ist dein, und ich, Kind, ich bin für immer dein.

ESTELLE: Haha ... Mein? Nun, wer von euch beiden würde es wagen, mich seinen Lebensquell zu nennen? Ihr laßt euch nicht täuschen, ihr zwei, ihr wißt, daß ich ein Stück Dreck bin. Denk an mich, Pierre, denke nur an mich, beschütze mich; solange du den Gedanken hast: mein Lebensquell, mein geliebter Lebensquell –, so lange bin ich nur zur Hälfte hier, bin ich nur zur Hälfte schuldig, bleibe ich Lebensquell dort bei dir. Sie ist rot wie eine Tomate. Aber das ist doch undenkbar: hundertmal haben wir zusammen über sie gelacht. Was für eine Melodie ist denn das? Ich habe sie so geliebt ... Ach ja, St. Louis Blues ... Nun, los, tanzt, tanzt. Garcin, es würde Ihnen Spaß machen, wenn Sie es sehen könnten. Sie aber wird nie wissen, daß ich sie s e h e. Ich sehe dich, ich sehe dich mit deiner zerzausten Frisur, deinem verzerrten Gesicht, ich sehe, daß du ihm auf die Füße trittst. Das ist ja zum Totlachen! Los. Schneller, schneller! Er reißt sie, er stößt sie. Das ist ja unanständig. Schneller doch! Zu mir sagte er: Sie tanzen so leicht. Los, los doch! *Sie beginnt während des Sprechens zu tanzen.* Ich sage dir, ich sehe dich. Es ist ihr gleichgültig, sie tanzt quer durch mein Blickfeld durch. Unsere liebe Estelle! Was, unsere liebe Estelle? Ach, halt den Mund. Keine Träne hast du bei der Beerdigung vergossen. Und da sagt sie jetzt zu ihm: «unsere liebe

Estelle». Eine Frechheit, mit ihm von mir zu sprechen. Na, immer im Takt bleiben. Sie bringt es natürlich nicht fertig, zugleich zu sprechen und zu tanzen. Aber, was ist denn das… Nein! Nein! Sag ihm nicht… ich lasse ihn dir, nimm ihn, behalte ihn, mach mit ihm, was du willst, aber sag's ihm nicht… *Sie hört auf zu tanzen.* Gut. Gut denn, du magst ihn behalten. Sie hat ihm alles gesagt, Garcin: Roger, die Schweizerreise, das Kind, alles hat sie ihm erzählt: «Unsere liebe Estelle war nicht…» Nein, nein, wahrhaftig, ich war nicht… Traurig wiegt er den Kopf hin und her, aber umgeworfen hat ihn die Neuigkeit nicht, das kann man nicht sagen. Behalte ihn nur jetzt. Ich mache dir seine langen Wimpern und seine puppigen Manieren nicht streitig. Ha! Er nannte mich seinen Lebensquell, seine Kristallschale. Nun, die Kristallschale ist geborsten. «Unsere liebe Estelle.» Tanzt! Tanzt doch. Immer im Takt bleiben. Eins, zwei. *Sie tanzt.* Ich gäbe alles in der Welt darum, nur noch einmal einen Augenblick, nur noch einen einzigen Augenblick, auf die Erde kommen und tanzen zu können. Ich höre fast nichts mehr. Die Lampen sind gelöscht, wie zum Tango; warum spielen sie gedämpft? Lauter! Wie fern das klingt! Ich… jetzt höre ich gar nichts mehr. *Hört zu tanzen auf.* Nie mehr. Die Erde ist mir entschwunden. Garcin, schau mich an, nimm mich in die Arme.

INES *macht Garcin ein Zeichen, wegzubleiben; hinter Estelles Rükken, herrisch zu ihm*: Garcin!

GARCIN *einen Schritt zurückweichend und Estelle mit einem Zeichen auf Ines hinlenkend*: Wenden Sie sich an sie.

ESTELLE *sich an ihn klammernd*: Gehen Sie nicht fort! Sind Sie ein Mann? So schauen Sie mich doch an, wenden Sie die Augen nicht ab: ist es denn ein so peinlicher Anblick? Ich habe blonde Haare, und es hat sich immerhin einer um meinetwillen getötet. Ich flehe Sie an, irgend etwas müssen Sie doch anschauen. Wenn ich es nicht bin, so ist es die Statuette oder der Tisch oder die Sofas. Ich bin doch wohl noch ein erfreulicherer Anblick. Höre: ich bin ihren Herzen entfallen, wie ein kleiner Vogel dem Nest entfällt. Heb mich auf, nimm mich, nimm mich auf in dein Herz, du wirst sehen, wie lieb ich bin.

GARCIN *sie heftig wegstoßend*: Ich sage Ihnen, Sie sollen sich an sie wenden.

ESTELLE: An sie? Aber sie kommt doch nicht in Betracht: sie ist eine Frau.

INES: Ich komme nicht in Betracht? Doch, kleines Vöglein, kleine Lerche, seit geraumer Zeit bist du in meinem Herzen geborgen. Hab keine Angst, ich werde dich unverwandt, ohne zu blinzeln, im

Auge behalten. Du wirst in meinem Blick leben, wie ein Sonnenstäubchen im Lichtstrahl.

ESTELLE: Sonnenstäubchen, Lichtstrahl? Haha! Lassen Sie mich doch in Frieden. Sie haben es die ganze Zeit auf mich abgesehen und haben gemerkt, daß das nicht verfängt.

INES: Mein Lebensquell, meine Kristallschale.

ESTELLE: Ihre Kristallschale? ... Das ist ja lachhaft. Wen wollen Sie zum Besten haben? Na, die ganze Welt weiß doch, daß ich das Kind zum Fenster hinausgeschmissen habe. Das Kristall liegt in Scherben am Boden, und ich mache mir nichts daraus. Ich bin nur noch eine Haut ... und meine Haut ist nicht für Sie.

INES: Komm! Sei, was du sagst: Lebensquell, Schmutzwasser, auf dem Grunde meiner Augen wirst du dich so finden, wie du dich wünschest.

ESTELLE: Lassen Sie mich los! Sie haben gar keine Augen! Was soll ich nur tun, daß du mich losläßt! Da! *Sie spuckt ihr ins Gesicht.*

INES *Estelle plötzlich loslassend, zu Garcin*: Garcin! Das werden Sie mir büßen! *Pause.*

GARCIN *nach einem Achselzucken zu Estelle herantretend*: Also? Du willst einen Mann?

ESTELLE: Einen Mann, nein. Dich.

GARCIN: Keine Fisimatenten. Jeder x-beliebige wäre dir recht. Ich war gerade da, also bin ich's. Schön. *Sie bei den Schultern nehmend.* Ich bin nicht sehr anziehend für dich, mußt du wissen: ich bin kein kleiner Bubi, und ich tanze nicht Tango.

ESTELLE: Ich nehme dich, wie du bist. Vielleicht kann ich dich ändern.

GARCIN: Das bezweifle ich. Ich bin ... zerstreut. Ich habe andere Dinge im Kopf.

ESTELLE: Was für Dinge?

GARCIN: Sie sind nicht interessant für dich.

ESTELLE: Ich werde mich auf das Sofa setzen und warten, bis du dich mit mir beschäftigst.

INES *in Lachen ausbrechend*: Haha! Du Hündin! Auf dem Bauch vor ihm! Auf dem Bauch! Nicht einmal schön ist er!

ESTELLE: Höre nicht auf sie. Sie hat keine Augen, hat keine Ohren. Sie kommt nicht in Betracht.

GARCIN: Ich werde dir geben, was ich kann. Das ist nicht eben viel. Ich werde dich nicht lieben: dazu kenne ich dich zu gut.

ESTELLE: Begehrst du mich?

GARCIN: Ja.

ESTELLE: Weiter will ich nichts.

GARCIN: Dann also ... *Beugt sich über sie.*

INES: Estelle! Garcin! Ihr verliert ja den Verstand! Ich bin doch da, ich!

GARCIN: Das merke ich, und ... wenn schon ...

INES: Vor mir? Ihr ... ihr könnt doch nicht ... !

ESTELLE: Warum nicht? Vor meiner Zofe habe ich mich auch ausgezogen.

INES *sich an Garcin klammernd*: Lassen Sie sie! Lassen Sie von ihr ab! Berühren Sie sie nicht mit Ihren schmutzigen Männerhänden.

GARCIN *sie wild zurückstoßend*: Genug jetzt! Ich bin kein Gentleman, ich scheue mich nicht, einer Frau eine herunterzuhauen.

INES: Sie hatten mir versprochen, Garcin, Sie hatten mir versprochen! Ich flehe Sie an, Sie hatten mir versprochen ...

GARCIN: Sie haben den Vertrag gebrochen.

INES *reißt sich los und entweicht in den Hintergrund des Zimmers*: Macht, was ihr wollt, ihr seid die Stärkeren. Aber denkt daran: ich bin da und schaue euch zu. Ich lasse meine Augen nicht von Ihnen, Garcin: Vor meinen Augen müssen Sie sie umarmen. Wie ich euch hasse, euch beide! Liebt euch, liebt euch! Wir sind in der Hölle, und die Reihe kommt auch an mich. *Während des folgenden sieht sie ihnen stumm zu.*

GARCIN *zu Estelle zurück, sie bei den Schultern fassend*: Gib mir deinen Mund. *Pause. Er beugt sich über sie, fährt mit einmal hoch.*

ESTELLE *mit einer enttäuschten Gebärde*: Na! ... *Pause.* Ich habe dir gesagt, du sollst sie nicht beachten.

GARCIN: Es handelt sich doch um die andern ... *Pause.* Gomez ist auf der Zeitung. Die Fenster sind geschlossen; es ist also Winter. Ein halbes Jahr. Sechs Monate ist es her, daß sie mich ... Ich habe dir vorausgesagt, daß ich hie und da zerstreut sein würde. Sie frösteln; sie haben ihre Röcke anbehalten ... Komisch, daß ihnen draußen so kalt ist; mir aber hier so warm. Diesmal spricht er von mir.

ESTELLE: Wird das lange dauern? *Pause.* Sag mir wenigstens, was er erzählt.

GARCIN: Nichts. Er erzählt nichts. Er ist ein Schweinehund, weiter nichts. *Er lauscht.* Ein toller Schweinehund. Pah! *Tritt wieder an Estelle heran.* Also wieder zu uns. Nun? Wirst du mich lieben?

ESTELLE *lächelnd*: Wer weiß ...

GARCIN: Wirst du Vertrauen zu mir haben?

ESTELLE: Komische Frage; du wirst doch dauernd mit mir zusammen sein, und mit Ines wirst du mich nicht gerade betrügen.

GARCIN: Natürlich nicht. *Pause. Läßt Estelles Schultern los.* Ich sprach von einem andern Vertrauen. *Er horcht.* Nur weiter! Sag, was du willst: ich habe mich hier nicht zu verteidigen. *Zu Estelle:* Estelle, du m u ß t mir dein Vertrauen schenken.

ESTELLE: Wozu die Umstände! Du hast doch meinen Mund, meine Arme, meinen ganzen Körper, und alles könnte so einfach sein ...

Mein Vertrauen! Ich, ich habe kein Vertrauen zu vergeben, du bringst mich in schreckliche Verlegenheit. Na, du mußt ja was Schlimmes angestellt haben, daß du so um mein Vertrauen wirbst.

GARCIN: Ich bin erschossen worden.

ESTELLE: Ich weiß, du hast dich geweigert, an die Front zu gehen. Na und ...?

GARCIN: Ich ... ich habe mich nicht gänzlich geweigert. *Zu den Unsichtbaren:* Er spricht gut; was er an mir auszusetzen hat, ist schon richtig; aber, was ich hätte tun sollen, das sagt er nicht. Hätte ich zum General hingehen sollen und sagen: «Herr General, ich gehe nicht an die Front!» Blödsinn. Sie hätten mich eingesperrt. Ich wollte Zeugenschaft ablegen, ja, ein Beispiel geben wollte ich! Sie sollten meine Stimme nicht unterdrücken. *Zu Estelle:* Ich ... Ich fuhr mit dem Zug weg. An der Grenze haben sie mich geschnappt.

ESTELLE: Wo wolltest du denn hin?

GARCIN: Nach Mexiko. Ich hatte vor, dort eine pazifistische Zeitung zu gründen. *Schweigen.* Nun, sag doch etwas.

ESTELLE: Was soll ich sagen? Du hast richtig gehandelt, da du nun einmal nicht kämpfen wolltest. *Aufgebrachte Gebärde Garcins.* Tja, mein Lieber, ich vermag nicht zu erraten, was ich dir antworten soll.

INES: Mein Schatz, du mußt ihm sagen, er sei ausgerissen wie ein Löwe. Denn er ist doch ausgerissen, dein Heißgeliebter. Das macht ihm das Leben sauer.

GARCIN: Ausgerissen, abgereist – nennen Sie es, wie Sie wollen.

ESTELLE: Du mußtest ja wohl die Flucht ergreifen. Wenn du geblieben wärest, hätten sie dich beim Kragen genommen.

GARCIN: Ganz bestimmt. *Pause.* Estelle, bin ich ein Feigling?

ESTELLE: Das weiß ich doch nicht, mein Schatz; ich stecke doch nicht in deiner Haut. Darüber hast du die Entscheidung zu fällen.

GARCIN: Ich fälle keine Entscheidung.

ESTELLE: Du mußt dich doch daran erinnern; du dürftest doch Gründe dafür gehabt haben, daß du so und nicht anders gehandelt hast.

GARCIN: Ja.

ESTELLE: Na und?

GARCIN: Sind es die wahren Gründe?

ESTELLE *enttäuscht*: Du machst mir das Leben schwer.

GARCIN: Ich wollte als Beispiel wirken, ich ... ich habe das lange überdacht ... Sind es die wahren Gründe?

INES: Ja, ja, das ist die Frage. Sind es die wahren Gründe? Du grübeltest, du wolltest dich nicht so rasch festlegen. Doch die Angst, der Haß und all die Schweinereien, die man verdrängt, das sind auch Gründe. Los, suche, untersuche dich.

GARCIN: Schweig du! Meinst du, ich habe auf deine Ratschläge gewartet? Ich bin in meiner Zelle auf und ab gegangen, Tag und Nacht. Vom Fenster zur Tür, von der Tür zum Fenster. Ich habe mich belauert. Ich habe mir nachgespürt. Ein ganzes Leben, so scheint es mir, habe ich darauf verwandt, mich zu untersuchen, aber umsonst... es war nun einmal geschehen... Ich... Ich habe den Zug genommen... das ist sicher. Aber warum? Warum? Schließlich kam mir der Gedanke: Mein Sterben wird die Entscheidung sein: wenn ich anständig sterbe, dann liefere ich den Beweis dafür, daß ich kein Feigling bin...

INES: Und wie bist du gestorben, Garcin?

GARCIN: Übel. *Ines lacht laut auf.* Oh, es war einfach ein körperlicher Schwächeanfall. Ich schäme mich dessen nicht. Nur ist so alles in der Schwebe geblieben. *Zu Estelle:* Komm her, du. Sieh mich an. Ich brauche jemanden, der mich ansieht, während sie auf der Erde von mir reden. Ich liebe grüne Augen.

INES: Grüne Augen? Sieh mal an. Und du, Estelle, liebst du Feiglinge?

ESTELLE: Wenn du wüßtest, wie gleichgültig mir das ist. Feigling oder nicht, wenn er nur gut küßt.

GARCIN: Sie wiegen die Köpfe hin und her und saugen dabei an ihren Zigarren. Sie langweilen sich; sie denken: Garcin ist ein Feigling. Bloß so obenhin, bloß um an irgend etwas zu denken. Garcin ist ein Feigling! So haben sie entschieden, sie, meine Kollegen. In einem halben Jahr werden sie sagen: feig wie Garcin. Ihr beiden habt Glück; kein Mensch denkt mehr an euch auf Erden. Ich habe ein zäheres Leben.

INES: Und Ihre Frau, Garcin?

GARCIN: Na, was denn: meine Frau... Sie ist tot.

INES: Tot?

GARCIN: Ich habe es euch wohl zu sagen vergessen. Sie ist just gestorben. Vor zwei Monaten etwa.

INES: Vor Kummer?

GARCIN: Natürlich vor Kummer. Woran soll sie sonst gestorben sein? Na, es steht ja alles gut: der Krieg ist zu Ende, meine Frau ist tot, und ich trete in die Geschichte ein. *Ein tränenloses Schluchzen schüttelt ihn. Er legt die Hand übers Gesicht.*

ESTELLE *sich an ihn schmiegend*: Mein Lieber, mein Liebster! Sieh mich an, Liebster. Berühre mich, berühre mich. *Sie nimmt seine Hand und führt sie an den Busen.* Leg deine Hand hierher. *Garcin will sich losmachen.* Laß deine Hand; laß sie da; rühr dich nicht. Einer nach dem anderen wird sterben; was liegt dran, was sie denken. Vergiß sie. Nur noch ich bin da.

GARCIN *seine Hand zurückziehend*: Sie vergessen mich nicht, die dort.

Sie werden sterben, doch es werden andere kommen, die das Losungswort übernehmen: zu ihren Händen habe ich mein Leben überlassen.

ESTELLE: Ach, du grübelst zuviel!

GARCIN: Was soll ich anderes tun? Früher handelte ich. Ach... Nur einen Tag, noch einmal möchte ich unter sie treten... Dann müßten sie alles zurücknehmen...! Aber ich spiele ja nicht mehr mit; ohne Rücksicht auf mich ziehen sie das Fazit, und sie haben recht, ich bin ja tot. Erledigt wie eine Ratte. *Lacht.* Ich bin Allgemeingut geworden. *Pause.*

ESTELLE *leise*: Garcin!

GARCIN: Du bist da? Nun, höre zu, du wirst mir einen Dienst erweisen. Nein, schrecke nicht zurück. Ich weiß: es erscheint dir komisch, daß man dich um Hilfe angeht, du bist das nicht gewöhnt. Doch wenn du wolltest, wenn du dir Mühe gäbst, so könnten wir uns vielleicht wirklich und für immer lieben. Sieh: es sind ihrer tausend, die es sagen und wieder sagen, ich sei ein Feigling. Aber was sind tausend? Wenn es eine Seele gäbe, eine einzige, die mit allen ihren Kräften aufrechthielte, ich sei nicht geflohen, ich k ö n n e nicht geflohen sein, daß ich Mut habe, sauber bin, dann... ich glaube sicher, dann wäre ich gerettet! Willst du an mich glauben? Du wärest mir teurer als ich selbst.

ESTELLE *lachend*: Dummkopf! Süßer Dummkopf! Glaubst du denn, ich könnte einen Feigling lieben?

GARCIN: Aber du sagtest doch...

ESTELLE: Ich machte mich lustig über dich. Ich liebe Männer, Garcin, wahre Männer, mit rauher Haut und starken Händen. Du hast nicht das Kinn eines Feiglings, nicht den Mund eines Feiglings, nicht die Stimme eines Feiglings, und deine Haare sind nicht die eines Feiglings. Und ich liebe dich um deines Mundes, deiner Stimme, deiner Haare willen.

GARCIN: Ist das wahr? Ist das wirklich wahr?

ESTELLE: Soll ich es dir schwören?

GARCIN: Dann trotze ich allen, denen drunten und denen hier. Estelle, wir werden aus der Hölle herauskommen. *Ines lacht schallend auf. Er unterbricht sich und sieht sie an:* Was ist los?

INES *noch immer lachend*: Aber sie glaubt doch kein Wort von dem, was sie sagt. Wie kannst du so naiv sein? «Estelle, bin ich ein Feigling?» Wenn du wüßtest, wie gleichgültig ihr das ist!

ESTELLE: Ines! *Zu Garcin:* Höre nicht auf sie. Wenn du mein Vertrauen willst, so mußt du mir zuerst deines schenken.

INES: Aber ja doch, aber ja! Schenk ihr doch Vertrauen! Sie braucht einen Mann, das kannst du glauben, einen Mannsarm um die

Hüfte, Mannsgeruch, Mannsbegehren in Männeraugen. Im übrigen ... Na, sie wird dir sagen, daß du der liebe Gott bist, wenn dir das Spaß machen sollte.

GARCIN: Estelle! Ist das wahr? Antworte: Ist das wahr?

ESTELLE: Was soll ich dir sagen? Von all dem verstehe ich kein Wort. *Mit dem Fuß aufstampfend:* All das geht einem ja auf die Nerven! Selbst wenn du ein Feigling wärst, liebte ich dich, jetzt weißt du's. Genügt dir das nicht? *Pause.*

GARCIN *zu den beiden*: Ihr widert mich an! *Geht zur Tür.*

ESTELLE: Was tust du?

GARCIN: Ich gehe.

INES *rasch*: Du kommst nicht weit, die Tür ist verschlossen.

GARCIN: Sie werden sie wohl öffnen müssen. *Drückt auf den Klingelknopf. Die Klingel tönt nicht.*

ESTELLE: Garcin!

INES *zu Estelle*: Keine Angst, die Klingel ist außer Betrieb.

GARCIN: Ich sage euch, sie werden aufmachen. *Er trommelt wider die Tür.* Ich kann euch nicht mehr aushalten, ich kann nicht mehr. *Estelle läuft zu ihm hin; er stößt sie weg.* Geh weg! Du widerst mich noch mehr an als sie. Ich will nicht im Schlamm deiner Augen einsinken. Du bist glitschig! Du bist weich! Du bist ein Gallert, ein Morast! *Er hämmert an die Tür.* Macht ihr endlich auf?

ESTELLE: Garcin, ich bitte dich, geh nicht fort; ich werde nicht mehr mit dir sprechen; ich lasse dich ganz in Ruhe, aber geh nicht fort. Ines zeigt ihre Krallen, ich kann nicht mit ihr allein bleiben.

GARCIN: Hilf dir selber! Ich habe dich nicht gebeten zu kommen.

ESTELLE: Feigling! Feigling! Ja, es ist wahr: du bist ein Feigling!

INES *sich an Estelle heranmachend*: Nun, meine Lerche, bist du nicht zufrieden? Du hast mir ins Gesicht gespuckt, ihm zu Gefallen, und wir haben uns um seinetwillen verkracht. Und nun geht er fort, der Störenfried und läßt uns Frauen unter uns.

ESTELLE: Davon hast du nichts; wenn die Tür aufgeht, laufe ich davon.

INES: Wohin?

ESTELLE: Irgendwohin, es ist mir gleich. Nur möglichst weit weg von dir.

GARCIN *der immer noch gegen die Tür hämmert*: Aufmachen! Macht endlich auf! Mir ist alles recht: spanische Stiefel, Zangen, flüssiges Blei, Daumenschrauben, Halseisen, was nur brennt, was reißt, ich will für immer und ewig Schmerzen leiden. Lieber hundert Natternbisse, lieber Peitsche, Vitriol, als diese Hirnqual, diese gespenstische Qual, die streichelt, liebkost und nie weh genug tut. *Er reißt und rüttelt am Türknopf.* Macht ihr nun auf? *Mit einmal tut sich die Tür auf, fällt geradezu.* Ha. *Lange Pause.*

INES: Nun, Garcin? Gehen Sie.

GARCIN *langsam*: Warum ist diese Tür aufgegangen?

INES: Was warten Sie? Gehen Sie, gehen Sie rasch!

GARCIN: Ich gehe nicht fort.

INES: Und du, Estelle? *Diese rührt sich nicht; Ines lacht auf:* Nun also? Wer? Wer von den dreien? Der Weg ist frei, wer hält uns zurück? Haha! Das ist zum Totlachen! Wir sind unzertrennlich.

ESTELLE *sie von rückwärts anspringend*: Unzertrennlich! Garcin! Hilf mir rasch! Wir schleppen sie hinaus und schließen ihr die Tür vor der Nase zu; dann mag sie sehen ...

INES *sich wehrend*: Estelle! Estelle! Ich bitte dich, laß mich da. Nicht in den Gang, stoß mich nicht in den Gang hinaus!

GARCIN: Laß sie los!

ESTELLE: Du bist verrückt, sie haßt dich.

GARCIN: Um ihretwillen bin ich geblieben. *Estelle läßt Ines los und schaut Garcin entsetzt an.*

INES: Um meinetwillen? *Pause.* Gut, so schließt die Tür. Es ist zehnmal so heiß, seit sie offen ist. *Garcin geht zur Tür und schließt sie.* Um meinetwillen?

GARCIN: Ja. Du ... Du weißt, was das heißt: ein Feigling zu sein.

INES: Ja, ich weiß es.

GARCIN: Du weißt, was das bedeutet: das Böse, die Schande, die Furcht. Es hat Tage gegeben, da du dich bis ins Herz hinein sahst ... und das hat dir Arme und Beine gelähmt. Und andere Tage wußtest du nicht mehr, was du davon halten solltest; es gelang dir nicht, die Enthüllung des vergangenen Tags zu entziffern. Ja, du kennst den Preis des Bösen. Und wenn du sagst, ich sei ein Feigling, so sprichst du aus eigener Erfahrung, wie?

INES: Ja.

GARCIN: Dich muß ich überzeugen. Du bist meines Stammes. Hattest du dir eingebildet, ich würde fortgehen? Ich konnte dich doch nicht als Siegerin hier zurücklassen, mit all diesen Gedanken im Kopf, all diesen Gedanken, die mich angehen.

INES: Du willst mich wirklich überzeugen?

GARCIN: Nichts anderes will ich. Ich höre sie nicht mehr, mußt du wissen. Vermutlich darum, weil sie mit mir fertig sind. Fertig, aus: die Angelegenheit ist zu den Akten genommen, auf Erden bin ich nichts mehr, nicht einmal ein Feigling. Ines, sieh, wir sind allein; ihr zwei seid die einzigen, in deren Gedanken ich noch bin. Sie kommt nicht in Betracht. Doch du, du, die du mich hassest – wenn du mir glaubst, so rettest du mich.

INES: Das wird nicht so leicht sein ... Sieh her: ich habe einen harten Schädel.

GARCIN: Ich werde es mir Zeit kosten lassen.

INES: Oh, Zeit hast du genug. Zeit und Ewigkeit.

GARCIN *ihre Schultern fassend*: Hör mich an, ein jeder hat sein Ziel, nicht? ... Ich ... ich pfiff auf das Geld, auf die Liebe. Ich wollte ein Mann sein. Ein Kerl. Ich habe alles auf ein einziges Pferd gesetzt. Ist es möglich, daß man ein Feigling ist, wenn man sich die gefährlichsten Wege erwählt hat? Kann man ein Leben nach einer einzigen Tat beurteilen?

INES: Warum nicht? Dreißig Jahre lang hast du dich in dem Traum gewiegt, du habest Mut; du ließest dir tausend kleine Schwächen hingehen, weil den Helden alles erlaubt ist. Wie bequem das war! Und dann, in der Stunde der Gefahr, als du Farbe bekennen solltest ... nahmst du den Zug nach Mexiko.

GARCIN: Von solchem Heldentum habe ich nicht bloß geträumt. Ich habe es erwählt. Man ist, was man will.

INES: Beweise es. Beweise, daß es kein Traum war. Nur die Taten entscheiden über das, was man gewollt hat.

GARCIN: Ich bin zu früh gestorben. Man hat mir keine Zeit gelassen, meine Taten zu tun.

INES: Man stirbt immer zu früh – oder zu spät. Aber das Leben ist nun einmal da zu Ende; der Strich ist gezogen, es gilt, die Rechnung abzuschließen. Du bist, was dein Leben ist.

GARCIN: Natter! Auf alles hast du eine Antwort.

INES: Los! Los! Laß den Mut nicht sinken. Es muß dir ja leicht fallen, mich zu überreden. Suche deine Argumente zusammen, gib dir Mühe. *Da Garcin die Achseln zuckt.* Nun ... nun? Ich sagte dir, du bist verletzbar. Ach, wie du jetzt büßen wirst. Du bist ein Feigling, Garcin, ein Feigling, weil ich es so will. Ich will es, hörst du, ich will es! Und dennoch, schau, wie schwach ich bin, ein Lufthauch; ich bin nur der Blick, der dich ansieht, nur der farblose Gedanke, der dich denkt. *Mit offenen Händen geht er auf sie zu.* Ha! Die breiten Männerhände tun sich auf. Was erhoffst du dir denn davon? Gedanken fängt man nicht mit den Händen. Los doch, du hast keine Wahl: du mußt mich überzeugen. Du bist in meiner Hand.

ESTELLE: Garcin!

GARCIN: Was?

ESTELLE: Räche dich!

GARCIN: Wie?

ESTELLE: Küsse mich, und du wirst sie singen hören.

GARCIN: Es ist allerdings wahr, Ines, du hältst mich in der Hand, aber auch ich habe dich in der Hand. *Er beugt sich über Estelle.*

INES *aufschreiend*: Ha! Feigling! Feigling! Geh! Geh, laß dich von Weibern trösten.

ESTELLE: Singe, Ines, sing!

INES: Ein schönes Paar! Wenn du seine grobe Pratze sähst, wie sie platt auf deinem Rücken liegt, über Fleisch und Stoff streicht. Er hat feuchte Hände; er schwitzt. Er wird einen blauen Abdruck auf deinem Kleid hinterlassen.

ESTELLE: Singe! Singe! Drücke mich fester an dich, Garcin. Dann wird sie zerspringen.

INES: Ja, drücke sie nur fest, presse sie an dich! Vermischt die Wärme eurer Leiber. Schön ist die Liebe, hä, Garcin! Lau und tief ist das wie der Schlaf, aber ich lasse dich nicht schlafen. *Garcin macht eine Gebärde.*

ESTELLE: Höre nicht auf sie. Nimm meinen Mund; ich bin dein, ganz dein.

INES: Na, worauf wartest du? Tu, was man dich heißt. Der Feigling Garcin hält die Kindesmörderin Estelle in den Armen. Es können Wetten abgeschlossen werden! Wird der Feigling Garcin sie küssen? Ich sehe euch, ich sehe euch; ich allein bin eine Menge, die Menge, Garcin, die Menge, hörst du? *Murmelnd:* Feigling! Feigling, Feigling, Feigling! Vergebens fliehst du vor mir, ich lasse dich nicht los! Was suchst du auf ihren Lippen? Vergessen? Ich aber, ich vergesse dich nicht. Mich mußt du überzeugen. Mich! Komm! Komm! Ich warte auf dich. Du siehst, Estelle, er lockert die Umschlingung, er ist folgsam wie ein Hündchen ... Du bekommst ihn nicht!

GARCIN: Wird es denn niemals Nacht?

INES: Niemals.

GARCIN: Immer wirst du mich sehen?

INES: Immer.

GARCIN *von Estelle ablassend, macht er ein paar Schritte durch das Zimmer, zu der Bronzestatuette hin*: Die Statuette ... *Er fährt liebkosend über sie.* Nun, der Augenblick ist da. Ich sehe diese Statuette hier an und begreife, daß ich in der Hölle bin. Ich sage euch: alles ist vorgesehen. Vorgesehen, daß ich vor diesem Kamin stehen würde, daß ich mit meiner Hand diese Statuette umpressen würde, aller Blicke auf mich gerichtet. All diese Blicke, die mich verzehren ... *Sich mit einem Ruck umdrehend.* Ha! Ihr seid nur zu zweit? Ich meinte, ihr seid viel zahlreicher. *Auflachend.* Also, dies ist die Hölle. Niemals hätte ich geglaubt ... Ihr entsinnt euch: Schwefel, Scheiterhaufen, Bratrost ... Ach, ein Witz! Kein Rost erforderlich, die Hölle, das sind die andern.

ESTELLE: Geliebter!

GARCIN *sie zurückstoßend*: Laß mich. Sie steht zwischen uns. Ich kann dich nicht lieben, wenn sie mich sieht.

ESTELLE: Ha! Nun, sie wird uns nicht mehr sehen. *Sie nimmt das Papiermesser vom Tisch, stürzt sich auf Ines und bringt ihr mehrere Stiche bei.*

INES *sie abwehrend, lacht auf*: Was tust du? Was tust du, bist du wahnsinnig? Du weißt doch, daß ich tot bin.

ESTELLE: Tot? *Läßt das Messer fallen. Pause.*

INES *hebt das Messer auf und sticht sich wütend damit*: Tot! Tot! Tot! Nicht Messer, nicht Strick, nicht Gift. Es ist b e r e i t s geschehen, begreifst du? Und wir bleiben für immer zusammen. *Lacht auf.*

ESTELLE *ebenfalls in Lachen ausbrechend*: Für immer, mein Gott, ist das komisch! Für immer!

GARCIN *die beiden ansehend, lacht ebenfalls heraus*: Für immer! *Sie setzen sich, fallend, auf ihre Sofas. Langes Schweigen. Sie haben zu lachen aufgehört und blicken sich an. Aufstehend sagt er:* Also – weitermachen!

Vorhang

Epikur hat die menschlichen
Bedürfnisse in drei Klassen geteilt . . .

... erstlich: die natürlichen und notwendigen; zweitens: die natürlichen, jedoch nicht notwendigen; und drittens: die weder natürlichen noch notwendigen. – So gibt Schopenhauer – «etwas zurechtgebogen und ausgefeilt» – den Glückseligkeitslehrer wieder. Und er fährt fort:

«Die Grenze unserer vernünftigen Wünsche hinsichtlich des Besitzes zu bestimmen, ist schwierig, wo nicht unmöglich. Denn die Zufriedenheit eines jeden, in dieser Hinsicht, beruht nicht auf einer absoluten, sondern auf einer bloß relativen Größe, nämlich auf dem Verhältnis zwischen seinen Ansprüchen und seinem Besitz ... – Ich glaube keineswegs, etwas meiner Feder Unwürdiges zu tun, indem ich hier die Sorge für die Erhaltung des erworbenen und des ererbten Vermögens anempfehle.»

Tote ohne Begräbnis

Die Besetzung der Uraufführung von «Morts Sans sépulture» in Paris im Théâtre Antoine am 8. November 1946

FRANÇOIS	Serge Andereguy
SORBIER	R.-J. Chauffard
CANORIS	François Vibert
LUCIE	Marie Olivier
HENRI	Michel Vitold
1er MILICIEN	Claide Régy
JEAN	Alain Cuny
CLOCHET	Robert Moor
LANDRIEU	Yves Vincent
PELLERIN	Roland Bailly
CORBIER	Maïk
2e MILICIEN	Michel Jourdan

Die Besetzung der deutschen Erstaufführung von «Tote ohne Begräbnis» im Bonner Stadttheater am 27. Oktober 1949

FRANÇOIS	Karl-Heinz Fiege
SORBIER	Franz Marohn
CANORIS	Hans-Joachim Post
LUCIE	Regina Pfeiffer
HENRI	Günther Ungeheuer
1. MILIZSOLDAT	Hans-Josef Becher
JEAN	Gert Tellkampf
CLOCHET	Heinrich Troxbömker
LANDRIEU	Carl Möller
PELLERIN	Günter Berg
2. MILIZSOLDAT	Ernst Seiltgen

Bühnenbild: C. M. Gockel
Regie: Heinrich Troxbömker

ERSTER AKT

Ein Speicher, beleuchtet durch eine Dachluke – verschiedene Gegenstände: Koffer, ein alter Ofen, eine Kleiderpuppe. Canoris, Lucie und Sorbier sitzen auf dem Koffer, auf einem alten Schemel, auf dem Ofen. – Sie tragen Handfesseln. François geht nervös hin und her; auch er ist gefesselt. – Henry schläft auf dem Fußboden.

1. SZENE

Canoris – Sorbier – François – Lucie – Henry

FRANCOIS: So sagt doch endlich etwas.

SORBIER *hebt den Kopf*: Was sollen wir denn sagen?

FRANCOIS: Irgend etwas, wenn es nur Lärm macht. *Eine Gassenhauermusik ertönt von unten.*

SORBIER: Da hast du Lärm!

FRANCOIS: Den mag ich nicht, das ist ihr Lärm. *Er macht einige Schritte, bleibt aber plötzlich stehen.*

SORBIER: Was denn?

FRANCOIS: Sie hören mich, sie sagen: – das ist der erste unter ihnen, der die Nerven verliert.

CANORIS: Also, verlier sie nicht. Setz dich. Lege die Hände auf die Knie, damit die Handgelenke dir weniger weh tun. Und dann schweig. Versuche zu schlafen, oder denk nach.

FRANÇOIS: Wozu? *Canoris zuckt mit den Achseln. François geht wieder auf und ab.*

SORBIER: François!

FRANCOIS: Eh!

SORBIER: Deine Schuhe knarren.

FRANCOIS: Absichtlich! *Pause – er bleibt vor Sorbier stehen.* An was könnt ihr schon denken?

SORBIER *hebt den Kopf*: Soll ich dir's wirklich sagen?

FRANCOIS *sieht ihn an und weicht ein wenig zurück*: Nein, lieber nicht.

SORBIER: Ich denke an das schreiende kleine Mädchen.

LUCIE *erwacht plötzlich aus ihren Träumen*: Was für ein kleines Mädchen?

SORBIER: Die Kleine aus dem Bauernhof. Ich hörte sie schreien, während sie uns abführten. Die Treppen brannten schon.

LUCIE: Mußt du uns daran erinnern?

SORBIER: Viele sind umgekommen. Kinder und Frauen. Aber ich habe ihr Sterben nicht gehört ... Die Schreie der Kleinen höre ich noch immer ...

LUCIE: Sie war erst dreizehn Jahre; wir sind schuld, daß sie tot ist.

SORBIER: Alle sind durch unsere Schuld gestorben.

CANORIS *zu François*: Siehst du. Man redet besser gar nicht davon.

FRANCOIS: Ach was, auch mit uns wird es nicht mehr lange dauern. Vielleicht wirst du diese Toten bald beneiden.

SORBIER: Sie waren nicht bereit, zu sterben.

FRANCOIS: Bin ich bereit? Es ist nicht unsere Schuld, daß die Sache schiefgegangen ist.

SORBIER: Doch, es ist unsere Schuld.

FRANCOIS: Wir haben nur den Befehl ausgeführt.

SORBIER: Ja.

FRANCOIS: Sie haben uns gesagt: Steigt hinauf und nehmt das Dorf. Wir haben ihnen geantwortet: Das ist idiotisch. Die Deutschen werden in längstens vierundzwanzig Stunden Wind davon bekommen. Sie haben uns geantwortet: Steigt trotzdem hinauf und nehmt das Dorf. Da haben wir gesagt: Gut. Und sind hinaufgestiegen. Wo ist die Schuld?

SORBIER: Es hätte gelingen müssen.

FRANCOIS: Es konnte nicht gelingen.

SORBIER: Ich weiß es ... und doch hätte es gelingen müssen. *Pause.* Dreihundert – dreihundert, die nicht sterben wollten und die verreckt sind für nichts und wieder nichts. Sie liegen zwischen den Steinen, und die Sonne färbt ihre Haut schwarz. Man hat sie von allen Fenstern aus gesehen – und wir sind schuld. Wir sind schuld, daß es in Vercors Miliz, Tote und Ruinen gibt. Es wird nicht leicht zu krepieren sein mit diesem Todesgeschrei in den Ohren.

FRANCOIS *schreiend*: Laß uns in Ruhe mit deinen Toten. Ich bin der Jüngste – ich habe nur die Befehle der andern ausgeführt. Ich bin unschuldig, unschuldig, unschuldig!

LUCIE *sanft – sie hat während der ganzen vorhergehenden Szene die Ruhe bewahrt*: François!

FRANCOIS *gedrückt, mit weicher Stimme*: Was?

LUCIE: Setz dich zu mir, mein kleiner Bruder. *Er zögert – sie wiederholt noch sanfter:* Komm! *Er setzt sich – sie legt ihm unbeholfen ihre gefesselten Hände auf das Gesicht.* Deine Wangen glühen, wo hast du dein Taschentuch?

FRANCOIS: In meiner Tasche – ich kann's aber nicht herausnehmen ...

LUCIE: In dieser hier?

FRANCOIS: Ja. *Lucie greift in eine Tasche, aus der sie mit großer Mühe ein Taschentuch nimmt, mit dem sie ihm das Gesicht abwischt.*

LUCIE: Du bist ja in Schweiß gebadet – und du zitterst; du darfst nicht soviel umherlaufen.

FRANCOIS: Wenn ich nur meinen Rock ablegen könnte.

LUCIE: Denk nicht an unmögliche Dinge. *Er spannt seine Handschellen.* Gib dir keine Mühe, sie halten ... Beruhige dich, atme langsam, bilde dir ein, du lebst nicht mehr. Ich bin tot und ruhig, ich spare meine Kräfte.

FRANCOIS: Wozu? Um nachher lauter schreien zu können? Unnützes Kapital. Es bleibt uns so wenig Zeit – ich möchte überall zu gleicher Zeit sein. *Er will sich erheben.*

LUCIE: Bleib sitzen!

FRANCOIS: Ich muß hin und her gehen; wenn ich ruhig bleibe, drehen sich meine Gedanken im Kreise. Ich will aber nicht denken ...

LUCIE: Armes Kind!

FRANCOIS: Lucie, alles ist so schwer – ich kann eure Gesichter nicht ansehen, ich fürchte mich ...

LUCIE: Leg deinen Kopf an meine Knie – ja, alles ist so schwer, und du bist so klein ... Wenn dir doch jemand zulächeln und dir sagen würde: Mein armer, kleiner Junge. – Früher hab ich mich bemüht, dir deinen Kummer abzunehmen ... Mein armer, kleiner ... – Ich kann nicht mehr. – Das Leid hat mich ausgedörrt – ich kann nicht mehr weinen.

FRANCOIS: Laß mich nicht allein, mir kommen Gedanken, deren ich mich schäme.

LUCIE: Höre ... einer kann dir helfen ... ich bin nicht ganz allein ... *Pause.* Jean gehört zu mir ... wenn es möglich wäre ...

FRANCOIS: Jean?

LUCIE: Sie haben ihn nicht erwischt; er geht nach Grenoble. Er ist der einzige von uns, der morgen leben wird.

FRANCOIS: Und was weiter ... ?

LUCIE: Er wird sich mit den andern treffen, sie werden die Arbeit anderswo von neuem beginnen. Und dann wird der Krieg zu Ende gehen, sie werden in Paris leben, ruhig, mit echten Fotografien auf ihren Ausweispapieren, und die Leute werden sie mit ihrem wirklichen Namen grüßen.

FRANCOIS: Er hat eben Glück gehabt. Was hab ich davon?

LUCIE: Er durchquert den Wald. Unten sind die Straßen mit Pappeln eingesäumt. Er denkt an mich. Nur er – auf der ganzen Welt – denkt an mich mit dieser Zärtlichkeit. Und an dich denkt er auch – er weiß, daß du ein armer Junge bist. Versuche, dich mit seinen Augen zu sehen. Er kann weinen ... *Sie weint.*

FRANCOIS: Du auch.

LUCIE: Ich weine mit seinen Tränen.

Pause. – François steht brüsk auf.

FRANCOIS: Genug gespielt. Ich fange an, ihn zu hassen.

LUCIE: Du hast ihn doch lieb gehabt ...

FRANCOIS: Nicht so wie du ihn liebst.

LUCIE: Nein, nicht so wie ich ihn liebte ...

Man hört Schritte im Gang; die Tür wird geöffnet; Lucie steht auf. Die Milizsoldaten betrachten die Gefangenen, dann schließen sie die Tür.

SORBIER *zuckt mit den Achseln*: Sie unterhalten sich, wozu bist du aufgestanden?

LUCIE *setzt sich wieder*: Ich dachte, daß sie uns holen kommen.

CANORIS: Nicht so rasch.

LUCIE: Warum nicht?

CANORIS: Weil sie sich irren! – Sie glauben, daß uns das Warten mürbe macht.

SORBIER: Ist es ein Irrtum? Es ist nicht sehr lustig, zu warten, mit unseren Gedanken ...

CANORIS: Sicher ... Anderseits hat man Zeit, sich zu sammeln. Wie ich, als ich zum erstenmal gefaßt wurde. Es war in Griechenland, unter Metaxas. Um vier Uhr früh haben sie mich aus dem Bett geholt. Wenn sie mich sofort verhört hätten, vielleicht hätte ich gesprochen, ich war vollständig überrumpelt. Aber niemand wollte etwas von mir wissen. Zehn Tage nachher sind sie mit grobem Geschütz aufgefahren, aber da war es zu spät: sie hatten den Augenblick der Überraschung verpaßt ...

SORBIER: Sie haben dich geschlagen?

CANORIS: Und wie!

SORBIER: Mit den Fäusten?

CANORIS: Mit den Fäusten, mit den Füßen ...

SORBIER: Und du wolltest ... sprechen?

CANORIS: Nein; solange sie nur schlagen, geht es.

SORBIER: Ah ... dann geht es ... *Pause.* Aber wenn sie dich aufs Schienbein schlagen? oder auf die Ellbogen ...?

CANORIS: Dann geht's auch. *Sanft.* Sorbier ...

SORBIER: Was?

CANORIS: Man darf sich nicht vor ihnen fürchten. Sie haben keine Phantasie.

SORBIER: Vor mir selbst hab ich Angst.

CANORIS: Aber weshalb? Wir haben nichts zu sagen. Alles, was wir wissen, ist ihnen bekannt. Überhaupt – es ist nicht so, wie man es sich vorstellt.

FRANCOIS: Wie ist es?

CANORIS: Ich könnt's dir nicht sagen. Schau – zum Beispiel, die Zeit verging mir sehr rasch. – *Er lacht.* Die Zähne hatte ich so fest aufeinandergebissen, daß ich drei Stunden lang den Mund nicht öffnen konnte. Ein Kerl hatte altmodische Stiefel an mit Spitzen – die stieß er mir ins Gesicht, unter dem Fenster sangen Mädchen ein Lied, ich hab die Melodie noch im Kopf. *Er singt ein griechisches Lied.* – Ja, das war in Nauplia ...

SORBIER: In Nauplia, wann?

CANORIS: 1936.

SORBIER: Da war ich dort. Ich war auf einer Vergnügungsfahrt in Griechenland, mit dem «Théophile Gauthier» – ich erinnere mich an das Gefängnis. An den Mauern kletterten Feigenbäume hinauf. Also du warst drinnen und ich draußen. *Lacht.* Das ist komisch.

CANORIS: Hm, das ist komisch ...

SORBIER *brüsk*: Und wenn sie dich langsam quälen ...

CANORIS: Wie?

SORBIER: Tropfenweise mit ihren Werkzeugen. *Canoris zuckt mit den Achseln.* Ich glaube, daß meine Beharrlichkeit mir helfen wird. Nach jeder Minute werde ich mir sagen, ich halte es noch eine Minute aus. Ist das eine gute Methode?

CANORIS: Es gibt keine Methode.

SORBIER: Wie wirst du's machen?

LUCIE: Hört doch endlich auf! – Seht euch den Jungen an; wollt ihr ihm so Mut machen? Wartet doch ab, sie werden euch schon selber über alles aufklären.

SORBIER: Laß uns in Ruhe! Soll er sich doch die Ohren verstopfen, wenn er uns nicht hören will.

LUCIE: Und ich? Soll ich mir auch die Ohren verstopfen? Ich fürchte, wenn ich euch noch länger zuhöre, werde ich euch verachten. Habt ihr alle diese Worte nötig, um euch Mut zu machen? Ich habe Tiere sterben sehen, und ich möchte wie sie sterben: in Stille.

SORBIER: Wer redet vom Sterben? Wir reden über das, was sie uns vorher antun werden. Es ist gut, wenn man sich vorbereitet.

LUCIE: Ich will mich nicht vorbereiten. Warum soll ich diese Stunden doppelt erleben? Schaut euch Henry an; er schläft. Schlaft doch auch.

SORBIER: Und mich von ihnen aus dem Schlaf rütteln lassen? Nein. Ich habe keine Zeit zu verlieren.

LUCIE: Dann denk an das, was du liest. Ich denke an Jean; an mein Leben; an den Kleinen, wie er krank war und ich ihn gepflegt habe, in einem Hotel in Arcachon. Von meinem Fenster aus sah ich Pinien und große grüne Wellen.

Sorbier *ironisch*: Grüne Wellen, stell dir vor! – Ich sage dir, ich habe keine Zeit zu verlieren.

Lucie: Sorbier! Ich kenne dich nicht wieder.

Sorbier: Gut – gut – es sind die Nerven – ich habe Nerven wie eine Jungfrau. *Er geht zu ihr.* Jeder verteidigt sich, wie er kann. Ich bin nichts wert, wenn man mich überrumpelt. Wenn ich die Schmerzen vorausfühlen könnte – nur ein kleines bißchen, um mich ihrer später zu erinnern, ich wäre meiner viel sicherer. Ich kann nichts dafür; ich war immer ein Pedant. *Pause.* Du weißt, ich habe dich sehr gern; aber ich fühle mich so einsam. *Pause.* Wenn du willst, daß ich schweige ...

Francois: Laß sie doch reden. Hauptsache, man hört ihre Stimme.

Lucie: Macht, was ihr wollt. *Schweigen.*

Sorbier *mit gedämpfter Stimme*: Canoris! *Canoris hebt den Kopf.* Sind dir Leute begegnet, die verraten haben?

Canoris: Ja – einige.

Sorbier: Und?

Canoris: Was kümmert das dich – da wir doch nichts zu sagen haben.

Sorbier: Ich will es wissen. Wie haben sie es ausgehalten?

Canoris: Verschieden. Einer schoß sich eine Kugel in den Kopf – er wurde blind. Ich sah ihn einige Male in den Straßen des Piräus, von einer Armenierin begleitet. Er dachte, er habe seine Schuld bezahlt. Jeder hat für sich zu unterscheiden, ob er bezahlt hat oder nicht. Einen andern knallten wir ab, als er sich auf einem Markt Süßigkeiten kaufte. Seit er das Gefängnis verlassen hatte, fing er an zu naschen, er liebte nur noch Süßes.

Sorbier: Der Glückspilz!

Canoris: Hm ...

Sorbier: Falls ich schwach werden würde, sollte es mich wundern, ob ich mich mit Zuckersachen tröste.

Canoris: Man sagt das. Man kann nichts wissen, bevor man es nicht erlebt hat.

Sorbier: Immerhin, ich glaube nicht, daß ich mich nachher sehr lieben würde. Viel eher würde ich es mit dem Gewehr versuchen.

Francois: Mir sind Süßigkeiten lieber ...

Sorbier: François!

Francois: Was? François? Habt ihr mich gewarnt, als ich zu euch kam? Ihr habt mir gesagt: «Die Résistance braucht Männer» – ihr habt mir nicht gesagt, daß sie Helden braucht. Ich bin kein Held. Ich bin kein Held. Ich habe getan, was man mir sagte, aber ich bin kein Held. Ich habe Flugzettel verteilt und Waffen transportiert. Ihr habt meine gute Laune gelobt. Aber keiner hat mich darüber aufgeklärt, was mich am Ende erwartet. Ich schwöre euch, daß ich keine Ahnung hatte, wozu ich mich verpflichtete.

SORBIER: Du hast es gewußt. Es war dir bekannt, daß René gefoltert wurde.

FRANCOIS: Ich habe nie daran gedacht. *Pause.* Die Kleine, die gestorben ist, die habt ihr bedauert, ihr sagtet: Wir sind an ihrem Tode schuld. Aber wenn ich reden würde, weil sie mich mit ihren Zigarren verbrennen, dann würdet ihr sagen: ich sei ein Feigling, würdet mir ein Gewehr reichen, damit ich... oder mir von hinten eine Kugel in den Rücken jagen. Und doch bin ich nur zwei Jahre älter als das kleine Mädchen...

SORBIER: Ich habe von mir gesprochen.

CANORIS *nähert sich François*: Du bist zu nichts mehr verpflichtet. Wir wissen nichts, wir haben nichts zu verschweigen. Jeder mag sehen, wie er sich selbst aus der Affäre zieht, ohne zuviel leiden zu müssen.

François beruhigt sich nach und nach, aber er bleibt wie versteinert. Lucie preßt ihn an sich.

SORBIER: Die Mittel haben keine Bedeutung. – Natürlich... Schreie nur, heule, flehe um Gnade, krame in deinem Gedächtnis herum, um etwas zu finden, das du ihnen gestehen kannst, um ihnen jemand ans Messer zu liefern, was kann das ausmachen; es gibt ja keinen Einsatz, du wirst nichts finden, was du sagen kannst, alle unsere kleinen Gemeinheiten bleiben unter uns. Vielleicht ist es besser so. *Pause.* Ich bin nicht davon überzeugt.

CANORIS: Was willst du? Einen Namen oder ein Datum wissen, um ihnen etwas verschweigen zu können?

SORBIER: Ich weiß es nicht. Ich weiß nicht einmal, ob ich imstande wäre, zu schweigen.

CANORIS: Also?

SORBIER: Ich möchte mich selbst kennenlernen. Ich wußte, daß sie mich einmal fangen und an die Wand stellen würden, ohne Gnade. Und ich sagte mir: Wirst du die Probe bestehen? Mein Körper macht mir angst, verstehst du? Ich habe einen armseligen, beschissenen Körper, mit Nerven wie eine Frau. Und nun – ist der Augenblick gekommen. Sie werden mich mit ihren Marterwerkzeugen bearbeiten. Aber ich bin nur ein Bestohlener. Ich werde für nichts leiden, ich werde sterben, ohne zu wissen, wieviel ich wert bin.

Die Musik hört auf – sie erschrecken und horchen.

HENRY *plötzlich erwachend*: Was ist? *Pause.* Die Polka ist zu Ende, jetzt beginnt unser Tanz, wie mir scheint. *Die Musik beginnt wieder.* Falscher Alarm. Merkwürdig, daß sie Musik so lieben. *Er erhebt sich.* Ich habe geträumt, daß ich tanze. «Sheherazade», ihr kennt doch das mondäne Nachtlokal in Paris, ich war noch nie dort. *Er erhebt sich langsam.* Ah ... da seid ihr ja alle – Lucie, möchtest du tanzen?

LUCIE: Nein.

HENRY: Drücken euch die Fesseln auch so? Mein Fleisch ist ganz angeschwollen, während ich schlief. Wie spät ist es?

CANORIS: Drei Uhr.

LUCIE: Fünf Uhr.

FRANCOIS: Sechs Uhr.

Alle lachen.

CANORIS: Wir wissen nicht, wieviel es geschlagen hat.

HENRY: Was ist mit deiner Uhr geschehen?

CANORIS: Sie haben sie mir an meinem Handgelenk kaputtgeschlagen. *Er macht die Geste des Schlagens.* Eines ist sicher, du hast lange geschlafen.

HENRY: Zeit, die man mir gestohlen hat. *Zu Canoris:* Hilf mir. *Canoris bückt sich, damit er auf seinen Rücken steigen kann. Henry zieht sich zum Guckloch hinauf.* Nach der Sonne ist es fünf Uhr, Lucie hat recht. *Er steigt herunter.* Das Bürgermeisteramt brennt noch. Also du willst nicht tanzen? *Pause.* Ich hasse diese Musik.

CANORIS *gleichgültig*: Pah!

HENRY: Im Bauernhof muß man sie auch hören.

CANORIS: Im Bauernhof ist niemand mehr, der sie hören kann.

HENRY: Hm. Sie dringt dort durch die Fenster und umkreist die Toten; die Musik und die Sonne; ein schönes Bild. Und die Leichen sind schwarz – ah – wir haben versagt. *Pause.* Was hat der Kleine?

LUCIE: Er ist ganz fertig. Seit acht Tagen hat er nicht geschlafen. Wie hast du schlafen können?

HENRY: Es kam über mich. Ich fühlte mich so allein und das schläferte mich ein. *Er lacht.* Die ganze Welt hat uns vergessen. *Er nähert sich François.* Armer Kerl. *Er streichelt ihm das Haar – hält aber plötzlich inne.* Wo liegt unser Fehler?

CANORIS: Ich weiß nicht. Ist auch nicht so wichtig.

HENRY: Es gibt einen Fehler. Ich fühle mich schuldig.

SORBIER: Du auch? Gott sei Dank, ich glaubte mich allein.

CANORIS: O bitte. Ich fühle mich auch schuldig. Aber was ändert das schon?

HENRY: Ich möchte nicht mit diesem Schuldbewußtsein sterben.

CANORIS: Zerbrich dir doch nicht den Kopf. Ich bin überzeugt, daß uns die Freunde nichts vorwerfen werden.

HENRY: Ich scheiß auf die Freunde. Mir allein bin ich jetzt Rechenschaft schuldig. *Pause. Zu sich:* Die Ereignisse hätten nicht so ablaufen dürfen. Wenn ich diesen Fehler herausfinden könnte ...

CANORIS: Das würde dir viel nützen.

HENRY: ... könnte ich ihm ins Gesicht sehen und mir sagen: «Dafür sterbe ich!» – Herrgott, ein Mensch kann doch nicht wie eine Ratte krepieren. Für nichts und ohne «Muh» zu machen.

CANORIS *zuckt die Schultern*: Pah.

SORBIER: Was zuckst du mit den Schultern? Er hat ein Recht, sich in seinen Tod zu retten. Es ist alles, was ihm bleibt.

CANORIS: Sicher. Er soll es, wenn er kann.

HENRY: Danke für die Erlaubnis. *Pause.* Du tätest gut daran, es auch zu tun. Wir haben nicht mehr viel Zeit.

CANORIS: Warum? Wem würde das nützen? Das ist eine rein persönliche Angelegenheit.

HENRY: Eine rein persönliche. Ja. Und?

CANORIS: Ich habe mich über persönliche Angelegenheiten nie aufregen können. Weder über fremde noch über meine eigenen.

HENRY *ohne ihn anzuhören*: Wenn ich mir nur sagen dürfte: ich habe getan, was ich konnte. Aber das ist ohne Zweifel zuviel verlangt. 30 Jahre lang habe ich mich schuldig gefühlt. Schuldig, weil ich lebte. Jetzt – brennen Häuser, unschuldige Menschen sind umgekommen, und ich werde schuldig sterben. Mein Leben war nur ein Irrtum.

CANORIS *steht auf und geht zu ihm*: Du bist nicht bescheiden Henry.

HENRY: Was?

CANORIS: Du quälst dich, weil du nicht bescheiden bist. Ich glaube, daß wir schon lange tot sind, von dem Moment an, wo wir unnütz wurden. Jetzt bleibt uns nur noch ein Stück Scheinleben, um ein paar Stunden totzuschlagen. Du hast nichts mehr zu tun ... als die Zeit totzuschlagen und mit deinen Freunden zu plaudern. Laß dich gehen, Henry, ruh dich aus. Du darfst dich ausruhen, weil wir hier nichts mehr tun können. Ruh dich aus, wir zählen nicht mehr. Wir sind Tote ohne Bedeutung. *Pause.* Zum erstenmal in meinem Leben erkenne ich mir das Recht zu, mich auszuruhen.

HENRY: Zum erstenmal seit drei Jahren sehe ich mich. Man hat mir Befehle gegeben. Ich habe gehorcht. Ich fühle mich gerechtfertigt. Jetzt kann mir niemand mehr Befehle geben, und nichts kann mich mehr rechtfertigen. Ein kleines Stückchen Leben zuviel: Ja. Gerade soviel, um mich mit mir selbst zu beschäftigen. *Pause.* Canoris, warum sterben wir?

CANORIS: Weil man uns mit einer gefährlichen Aufgabe betraut hat und wir kein Glück hatten.

HENRY: Ja, so werden die Kameraden denken, so wird die offizielle Version lauten. Aber du, wie denkst du darüber?

CANORIS: Ich denke nichts. Ich lebte für die «gute Sache», und ich habe immer vorausgesehen, daß ich auf diese Art sterben werde.

HENRY: Du lebtest für die «gute Sache», ja. Aber komm mir nicht damit, daß du für sie stirbst. Vielleicht, wenn wir Erfolg gehabt hätten und im Kampf gefallen wären, vielleicht, dann ... *Pause.* Wir sterben, weil man uns idiotische Befehle gegeben hat, weil wir sie schlecht ausgeführt haben, und unser Tod nützt niemand. Es war absurd, in Vercors ein Landungsterrain vorzubereiten. Der ganze Plan war unausführbar. Die «gute Sache» gibt niemals Befehle, sie spricht nicht, wir beschließen, was ihr nützen soll. Sprechen wir nicht von der «guten Sache» – hier nicht. Solange man für sie arbeiten kann, geht es, nachher soll man schweigen, und vor allem soll man sie auch nicht als Trost verwenden. Sie hat uns zurückgestoßen, weil wir zu nichts taugen; sie wird andere finden, die ihr besser dienen werden – in Tours, in Lille, in Carcassonne ... Frauen gebären Kinder, die uns ersetzen werden. Wir haben versucht, unser Dasein zu rechtfertigen, und es ist uns nicht gelungen. Jetzt sterben wir – aber unser Sterben wird ebenso nicht gerechtfertigt sein ...

CANORIS: Was macht das? Nichts, was sich in diesen vier Mauern ereignet, ist wichtig. Hoffe und verzweifle – der Effekt bleibt derselbe ... *Pause.*

HENRY: Wenn wir wenigstens noch etwas tun könnten – irgend etwas ... *Zu Canoris:* Hast du eine Frau?

CANORIS: Ja, in Griechenland.

HENRY: Denkst du an sie?

CANORIS: Ich versuche es ... Es ist so weit ...

HENRY *zu Sorbier:* Und du?

SORBIER: Ich liebe meine Eltern. Sie glauben, daß ich in England bin. Wahrscheinlich setzen sie sich jetzt zu Tisch. Wenn ich mir wenigstens einbilden könnte, daß sie plötzlich ein schweres Herz bekämen, eine Vorahnung oder etwas Ähnliches. – Aber ich bin überzeugt, daß sie vollkommen ruhig sind. Sie werden Jahre auf mich warten; immer ruhiger und ruhiger, und ich werde in ihren Herzen sterben, ohne daß sie es merken. Mein Vater spricht sicher vom Garten, das tut er immer beim Abendessen. Und nachher wird er seinen Kohl begießen. *Er seufzt.* Arme Eltern. Es hilft nichts. Wozu an sie denken?

HENRY: Nein, das hilft nichts. *Pause.* Und doch, es wäre mir lieber, meine Eltern lebten noch, ich habe niemanden ...

SORBIER: Keinen Menschen?

Henry: Keinen.

Lucie *lebhaft*: Du bist ungerecht. Du hast Jean. Jean gehört uns allen. Er ist unser Chef, und er denkt an uns.

Henry: Er denkt an dich, weil er dich liebt...

Lucie: Er denkt an uns alle...

Henry *sanft*: Lucie... Haben wir je viel über unsere Toten gesprochen? Wir hatten nicht einmal Zeit, sie zu begraben, selbst in unseren Herzen. *Pause.* Nein, ich fehle nirgends, ich hinterlasse keine Leere. Die Metro ist zum Bersten voll, die Gasthäuser überfüllt, die Köpfe zerplatzen von Alltagssorgen. Ich bin aus der Welt gerutscht, und sie blieb voll, wie ein Ei; ich muß annehmen, daß ich nicht unentbehrlich war. *Pause.* Und ich wäre so gern unentbehrlich gewesen. Einer Sache oder einem Menschen. *Zu Lucie:* Nebenbei, Lucie, ich habe dich geliebt. Ich gesteh es dir jetzt, weil es ja keinen Sinn mehr hat.

Lucie: Nein, es hat keinen Sinn mehr.

Henry: Na also! *Lachend.* Resümee: es hat wirklich keinen Sinn, mich in die Welt zu setzen.

Die Tür öffnet sich – Milizsoldaten treten ein.

Sorbier: Guten Abend. Während du geschlafen hast, haben sie diese Komödie dreimal aufgeführt...

Miliz: Bist du Sorbier?

Sorbier: Der bin ich.

Miliz: Komm! *Schweigen.*

Sorbier: Eigentlich ist es mir lieber, daß sie mit mir anfangen. *Pause. Er geht zur Tür.* Ich bin auf mich neugierig. *Im Abgehen:* Um die Zeit begießt Vater wahrscheinlich seinen Kohl. – *Er geht, gefolgt von der Miliz, ab – die Tür wird abgesperrt.*

2. SZENE

Vorige, ohne Sorbier

Langes Schweigen.

Henry *zu Canoris*: Gib mir eine Zigarette.

Canoris: Sie haben sie mir weggenommen.

Henry: Pech gehabt! *Die Musik spielt eine Java.* Lucie, komm, tanzen, wenn sie es durchaus wollen.

Lucie: Ich hab dir schon einmal nein gesagt.

Henry: Wie du meinst – es sind andere Tänzerinnen hier. *Er legt seine gefesselten Hände an die Kleiderpuppe und beginnt zu tan-*

zen. Die Musik hört auf – er auch – stellt die Puppe an ihren Platz und hebt langsam seine Arme, um sie freizubekommen. Sie haben begonnen. *Alle lauschen.*

CANORIS: Hörst du etwas?

HENRY: Nichts.

FRANCOIS: Was meinst du, was sie ihm tun?

CANORIS: Ich weiß es nicht. *Pause.* Ich möchte, daß er aushält – sonst wird er sich selber mehr quälen als sie ihn.

HENRY: Er wird bestimmt aushalten ...

CANORIS: Ich meine: innerlich – es ist viel schwerer, wenn man nichts zu sagen hat. *Pause – sanft:* Mut, Freund, Mut.

HENRY: Er schreit nicht ... das ist schon etwas.

FRANCOIS: Vielleicht verhören sie ihn nur so ...

CANORIS: Denkst du –

Sorbier brüllt – alle zucken zusammen.

LUCIE *spricht schnell und zu gewollt:* Jetzt muß Jean in Grenoble sein. Es würde mich wundern, wenn er länger als fünfzehn Stunden gebraucht hätte. Es muß ein merkwürdiges Gefühl für ihn sein, die Stadt ist ruhig, auf den Terrassen des Cafés sitzen Leute und Vercors ist für ihn nur mehr ein Traum. *Die Stimme Sorbiers wird lauter – auch Lucie spricht stärker.* Er denkt an uns, er hört das Radio durch die offenen Fenster, die Sonne glüht auf den Bergen, es ist ein schöner Sommernachmittag – *Noch lautere Schreie.* Ha! *Sie läßt sich auf den Koffer fallen und wiederholt schluchzend:* ein schöner Sommernachmittag.

HENRY *zu Canoris:* Ich werde nicht schreien.

CANORIS: Das wäre falsch; es erleichtert.

HENRY: Ich könnte den Gedanken nicht ertragen, daß ihr mich hört und daß sie weint ...

FRANCOIS *beginnt zu zittern – er steht vor einer Nervenkrise:* Ich glaube nicht ... ich glaube nicht ... *Schritte im Vorraum.*

CANORIS: Sei still, Kleiner, sie kommen.

HENRY: Wer ist an der Reihe?

CANORIS: Du oder ich – das Mädchen und den Jungen sparen sie für den Schluß.

Schlüssel an der Tür.

CANORIS: Hoffentlich ich; ich höre nicht gern die andern schreien.

Die Tür wird geöffnet – Jean wird in den Raum gestoßen – er ist nicht gefesselt.

3. SZENE

Vorige, dann Jean

Jean macht beim Eintritt die Bewegungen mit den Augen, wenn man vom Sonnenlicht geblendet in einen dunklen Raum kommt. Alle wenden sich ihm zu. Der Milizmann verläßt den Raum und schließt die Tür ab.

LUCIE: Jean!

JEAN: Still! – Nenn mich nicht beim Namen. Komm hier an die Mauer. Sie beobachten uns vielleicht durch eine Türspalte. *Er betrachtet sie.* Da bist du. Ich dachte nicht, dich noch einmal zu sehen. Wer ist noch hier?

CANORIS: Canoris.

HENRY: Henry.

JEAN: Ich sehe euch nicht gut. Pierre und Jacques sind ...?

HENRY: Ja.

JEAN: Der Kleine ist auch da? Armer Junge. *Leise und schnell:* Ich hoffte euch nicht mehr am Leben ...

HENRY *lachend*: Wir haben unser möglichstes dazu getan.

JEAN: Das kann ich mir vorstellen ... *Zu Lucie:* Was hast du?

LUCIE: Oh, Jean, alles ist aus. Ich sagte vorhin: er ist in Grenoble, er geht durch die Gassen, betrachtet die Berge – und ... und jetzt, alles ist aus.

JEAN: Weine nicht. Ich habe große Chancen, mich aus der Affäre zu ziehen.

HENRY: Wie haben sie dich erwischt?

JEAN: Sie haben mich noch nicht. Ganz unten, auf der Straße nach Verdone, traf ich eine Patrouille. Ich sagte ihnen, daß ich aus Cimiers bin; ein kleiner Ort im Tal. Sie führten mich hierher, um nachzuprüfen, ob meine Angaben stimmen.

LUCIE: Aber in Cimiers werden sie doch ...

JEAN: Ich habe Kameraden da unten, die genau wissen, was sie zu sagen haben. Ich komme bestimmt heraus. *Pause.* Ich muß herauskommen, die Engländer sind nicht verständigt.

HENRY *pfeift*: Natürlich. *Pause.* Also, was sagst du? Unser Coup ist fein mißlungen, was?

JEAN: Wir fangen eben wieder von vorn an.

HENRY: Du – wir nicht mehr. *Schritte draußen.*

CANORIS: Geht weg von ihm. Sie dürfen nicht sehen, daß wir miteinander reden.

JEAN: Was wollen sie?

HENRY: Sie bringen Sorbier zurück.
JEAN: Ah – sie haben ...
HENRY: Ja, er war der erste.

Milizsoldaten kommen mit Sorbier, den sie stützen und der bei einem Koffer zusammenbricht. Die Miliz ab.

4. SZENE

Vorige, mit Sorbier

SORBIER *ohne Jean zu erblicken*: Haben sie mich lange ...?
HENRY: Eine halbe Stunde.
SORBIER: Eine halbe Stunde? Du hast recht, Canoris. Die Zeit vergeht schnell. Habt ihr mich schreien gehört? *Niemand antwortet.* Natürlich habt ihr mich gehört.
FRANCOIS: Was haben sie dir gemacht?
SORBIER: Du wirst schon sehen. Sei nicht so neugierig.
FRANCOIS: Ist es sehr arg ...?
SORBIER: Ich weiß es nicht. Aber etwas weiß ich genau: sie wollten wissen, wo Jean ist, und wenn ich es gewußt hätte – dann wüßten sie es jetzt. *Lacht.* Na, aber jetzt kenne ich mich endlich. *Schweigen.* Was ist denn los? *Er folgt ihren Blicken und erblickt Jean an die Mauer gepreßt, mit ausgestreckten Armen.* Jean?
HENRY *rasch*: Schweig. Sie glauben, daß er einer von Cimiers ist.
SORBIER: Einer von Cimiers. *Seufzend:* Glück muß man haben.
HENRY *erstaunt*: Was sagst du?
SORBIER: Ich sagte: Glück muß man haben. Jetzt habe ich etwas zu verheimlichen.
HENRY *fast freudig*: Richtig! Jetzt haben wir alle etwas zu verheimlichen.
SORBIER: Mir wäre es lieber, sie hätten mich um die Ecke gebracht.
CANORIS: Sorbier! – Ich schwöre, daß du nicht sprechen wirst. Du kannst es nicht tun.
SORBIER: Und ich sage dir, daß ich meine Mutter ans Messer liefern würde. *Pause.* Es ist ungerecht, daß eine Minute genügt, um ein ganzes Leben mit Dreck zu beschmieren.
CANORIS *sanft*: Es braucht mehr als eine Minute. Meinst du, daß ein Augenblick der Schwäche die Stunde beschmutzen kann, in der du dich entschlossen hast, alles zu verlassen, um mit uns zu gehen? Diese drei Jahre – dein Mut – deine Geduld – und der Tag, an dem du trotz deiner Erschöpfung das Gepäck und das Gewehr des Kleinen geschleppt hast.

SORBIER: Zerbrich dir nicht den Kopf. Jetzt weiß ich – jetzt weiß ich, was ich wirklich wert bin.

CANORIS: Was du wert bist? Warum solltest du heute, nur weil sie dich gequält haben, weniger wert sein als gestern, wo du nicht trinken wolltest, um deinen Teil an Lucie abzutreten? Wir sind nicht dazu geschaffen, immer bis zu den Grenzen unserer Möglichkeiten zu leben. Auch in den Tälern gibt es Wege...

SORBIER: Gut. Und wenn ich später den Bissen nicht herunterschlukke, wirst du mir dann in die Augen sehen können?

CANORIS: Du wirst den Bissen schlucken.

SORBIER: Und wenn nicht? *Canoris schweigt.* Siehst du. *Pause. Er lacht.* Die meisten sterben in ihren Betten, mit ruhigem Gewissen – als gute Söhne, gute Ehemänner, gute Bürger, gute Väter – und doch sind sie Feiglinge, wie ich, aber sie werden es nie erfahren – sie haben eben Glück. *Pause.* Stopft mir doch endlich den Mund: worauf wartet ihr denn?

HENRY: Du bist der Beste von uns allen.

SORBIER: Quatsch...

Schritte draußen. Schweigen. Die Tür geht auf.

MILIZ: Wo ist der Grieche?

CANORIS: Hier.

MILIZ: Komm. – *Canoris geht mit den Milizsoldaten ab.*

5. SZENE

Vorige, ohne Canoris

JEAN: Für mich wird er leiden...

HENRY: Besser für dich als für mich.

JEAN: Und wenn er zurückkommt, wie werde ich seine Blicke ertragen? *Zu Lucie:* Nicht wahr, du haßt mich jetzt?

LUCIE: Siehst du in meinen Augen Haß?

JEAN: Gib mir deine Hand. *Sie reicht ihm beide gefesselten Hände.* Ich schäme mich, daß ich ohne Fesseln umherlaufe. Und du bist hier! Ich sagte mir, wenigstens hat sie jetzt Ruhe. Zu Ende die Angst, der Hunger, die Leiden. Und du bist hier! Sie werden dich holen und sie werden dich zurücktragen müssen, weil du nicht mehr...

LUCIE: In meinen Augen wirst du nur Liebe finden...

JEAN: Ich werde deine Schreie hören müssen.

LUCIE: Ich werde alles aufbieten, um nicht zu schreien.

JEAN: Aber der Kleine wird schreien. Er wird bestimmt schreien.

FRANCOIS: Schweig, schweigt alle. Wollt ihr mich verrückt machen? Ich bin kein Held, und ich will nicht, daß man mich deinetwegen quält.

LUCIE: François!

FRANCOIS: Laß mich in Ruhe, ich schlafe nicht mit ihm. *Zu Jean:* Ich hasse dich, wenn du es wissen willst.

JEAN: Du hast recht. *Er geht zur Tür.*

HENRY: He! Was willst du tun?

JEAN: Ich bin es nicht gewohnt, meine Kameraden an meiner Stelle ins Feuer zu schicken.

HENRY: Und wer wird die Engländer verständigen? *Jean hält inne.*

FRANCOIS: Laß ihn doch gehen; wenn er sich zu erkennen geben will, hast du kein Recht, ihn daran zu hindern.

HENRY *zu Jean, ohne sich um François zu kümmern*: Es wäre noch besser, wenn sie hierher kämen und glaubten, daß wir das Dorf besetzt haben. *Jean kommt mit gesenktem Kopf zurück.* Gib mir lieber eine Zigarette. *Jean gibt ihm eine.* Gib dem Kleinen auch eine.

FRANCOIS: Laßt mich in Ruhe! *Er geht in den Hintergrund.*

HENRY: Zünde sie an. *Jean zündet sie an. Henry macht einige Züge und verfällt in nervöses Schluchzen.* Sei unbesorgt. Ich rauche gern, aber ich wußte nicht, daß es so gut schmecken kann. Wieviel hast du noch?

JEAN: Eine.

HENRY *zu Sorbier*: Nimm! *Sorbier nimmt lautlos die Zigarette, macht einige Züge und gibt sie ihm wieder.*

HENRY *wendet sich zu Jean*: Ich bin froh, daß du da bist. Erstens hast du mir eine Zigarette gegeben und dann wirst du unser Zeuge sein. Du wirst zu den Eltern von Sorbier gehen und an die Frau von Canoris schreiben.

LUCIE: Morgen gehst du zur Stadt hinunter – in deinen Augen wirst du meine letzten Gesichtszüge mitnehmen. Das Bild der noch Lebenden. Du wirst der einzige auf der Welt sein, der es kennt. Du darfst mich nicht vergessen. Ich bin du. Wenn du lebst, werde ich auch leben.

JEAN: Vergessen! *Er geht auf sie zu – man hört Schritte.*

HENRY: Bleib wo du bist und sei still! Sie kommen, ich bin an der Reihe; ich muß mich beeilen, sonst komme ich nicht zu Ende. Höre: Wenn du nicht gekommen wärst, hätten wir gelitten wie Tiere, ohne zu wissen, wozu. Aber du bist hier, und alles bekommt jetzt einen Sinn. Wir werden kämpfen. Nicht für dich allein, für alle unsere Kameraden. Unsere Aufgabe ist mißlungen, aber jetzt können wir wenigstens die Fassade retten. *Pause.* Ich fühlte mich schon vollständig unnütz, aber nun weiß ich, daß man mich noch braucht.

Die Tür öffnet sich. Canoris wird von zwei Milizsoldaten hereingeschleppt.

SORBIER: Er hat nicht geschrien ...

Vorhang

ZWEITER AKT

Ein Schulzimmer. Bänke und Pulte. Die Mauern weißgetüncht. Auf der Mauer im Hintergrund eine Karte von Frankreich und ein Bild von Pétain. Schwarze Tafel. Im Hintergrund eine Tür. Auf einem Tisch in der Nähe des Fensters ein Radioapparat.

1. SZENE

Clochet – Pellerin – Landrieu

CLOCHET: Den nächsten?

LANDRIEU: Augenblick – erst muß ich was fressen.

CLOCHET: Freßt meinetwegen, ich könnte inzwischen einen verhören.

LANDRIEU: Nein, das würde dir zuviel Vergnügen machen. Hast du denn keinen Hunger?

CLOCHET: Nein.

LANDRIEU *zu Pellerin*: Clochet hat keinen Hunger. *Trinken.* Du mußt krank sein.

CLOCHET: Wenn ich arbeite, habe ich nie Hunger. *Er geht zum Radio und dreht den Knopf.*

PELLERIN: Hör auf, ich kriege Kopfweh.

CLOCHET *brummend, aber hörbar*: Arschloch ... hat Musik nicht gern.

PELLERIN: Was sagst du?

CLOCHET *nach vorn*: Ich sage, ich bin immer überrascht, wenn ich Leute sehe, die keine Musik mögen.

PELLERIN: Ich habe Musik ganz gern, aber nicht die und nicht hier.

CLOCHET: Ach was! Ich schon. Wenn sie nur irgendwas singen. *Bedauernd:* Man hätte ja ganz leise ...

PELLERIN: Nein.

CLOCHET: Ihr seid rohe Menschen. *Pause.* Sollen wir den nächsten holen?

LANDRIEU: Herrgott, laß doch! Es sind nur noch drei, und wir haben bis Mitternacht Zeit. Ich bin nervös, wenn ich mit leerem Magen arbeiten muß.

CLOCHET: Erstens sind es nur zwei, weil der Kleine erst morgen drankommt. Und mit etwas Methode ist die ganze Geschichte in zwei Stunden zu erledigen. *Pause.* In Toulouse geben sie heute «Tosca».

LANDRIEU: Ich scheiße auf «Tosca». Erkundige dich lieber unten, was es zu essen gibt.

CLOCHET: Ich weiß es: Hühner.

LANDRIEU: Schon wieder – zum Kotzen. Hol mir eine Büchse Corned Beef.

CLOCHET *zu Pellerin*: Und du?

PELLERIN: Dasselbe.

LANDRIEU: Und schick jemand, um das wegzuwaschen.

CLOCHET: Was?

LANDRIEU: Da – das Blut von dem Griechen. Ekelhaft.

CLOCHET: Das Blut sollte nicht abgewaschen werden. Es wird auf die andern Eindruck machen.

LANDRIEU: Und ich esse nicht, solange diese Schweinerei da auf dem Boden ist. *Pause.* Worauf wartest du?

CLOCHET: Dieses Blut sollte nicht abgewaschen werden.

LANDRIEU: Wer befiehlt hier, du oder ich?

CLOCHET *geht achselzuckend ab.*

2. SZENE

Landrieu – Pellerin

PELLERIN: Sekkier ihn nicht zu viel.

LANDRIEU: Ich werde mich genieren ...

PELLERIN: Was ich dir schon einmal sagte ... Sein Cousin dient bei Darnand. Er schickt ihm Berichte. Ich glaube, er war schuld, daß Daubin expediert wurde.

LANDRIEU: Diese Stinkwanze; wenn er mich beseitigen will, muß er sich beeilen, ich hab' so eine Ahnung, daß Darnand noch vor mir auffliegt.

PELLERIN: Alles ist möglich. *Er seufzt und geht unbewußt zum Radio.*

LANDRIEU: Nein, nein, du auch nicht!

PELLERIN: Nur die Nachrichten.

LANDRIEU *lachend*: Ich kenne diese Nachrichten.

STIMME DES ANSAGERS: Beim Gongschlag ist es genau 20 Uhr. *Sie stellen ihre Uhren.* Liebe Hörer, in einigen Augenblicken hören Sie unser Sonntags-Konzert.

LANDRIEU: Richtig, heute ist ja Sonntag. *Die ersten Takte eines Musikstückes.* Dreh ihm den Kragen ab.

PELLERIN: Sonntags bin ich immer mit meinem kleinen Wagen nach Le Touquet geflitzt; am Montmartre fischte ich mir ein Mädel.

LANDRIEU: Wann war das?

PELLERIN: Oh, noch vor dem Kriege.

STIMME DES ANSAGERS: Hier ist London – Persönliche Nachrichten:

«Ich habe im Garten des Pfarrhauses Nägel gefunden» – Wir wiederholen: Ich habe im Garten ...

LANDRIEU: Stopf ihnen das Maul, diesen Schweinehunden. *Er nimmt eine leere Konservenbüchse und schleudert sie in der Richtung des Radios.*

PELLERIN: Bist du verrückt – du machst den Apparat kaputt.

LANDRIEU: Mir scheißegal; ich will diesen Mist nicht hören. *Pellerin dreht die Knöpfe.*

STIMME DES ANSAGERS: Die Wehrmacht hat Cherbourg und Caen fest in den Händen. Nur im Sektor von St. Lô gelang dem Feind ein kleiner Vorstoß.

LANDRIEU: Wir sind informiert. Mach Schluß. *Pause.* Was wirst du anfangen; wohin wirst du gehen?

PELLERIN: Was sollen wir anfangen? Wir sitzen schön im Dreck.

LANDRIEU: Ja, diese Schweine.

PELLERIN: Wer?

LANDRIEU: Alle! Auch die Deutschen! Sie sind auch nicht besser. *Pause.* Wenn man wieder von vorn anfangen könnte.

PELLERIN: Ich bedaure nichts. Ich hab mich nicht schlecht unterhalten – wenigstens bis jetzt.

CLOCHET *kommt mit den Konservenbüchsen.*

3. SZENE

Vorige – Clochet, dann ein Milizsoldat

LANDRIEU: Denk dir, Clochet, die Engländer sind in Nizza gelandet.

CLOCHET: In Nizza?

LANDRIEU: Ohne Widerstand. Sie marschieren schon auf Puget-Téniers. *Clochet sinkt auf eine Bank.*

CLOCHET: Heilige Jungfrau. *Pellerin und Landrieu lachen.* Ach so – macht keine so blöden Witze.

LANDRIEU: Schon gut. Kannst es ja in deinen Abendrapport schreiben. *Miliz tritt ein.* Putzen Sie das weg! *Zu Pellerin:* Kommst du nicht essen?

Pellerin nähert sich und nimmt eine Konservenbüchse und stellt sie wieder hin.

PELLERIN: Mir ist immer komisch zu Mut, bevor es anfängt. *Er gähnt.* Ich bin nicht gemein genug ... ich werde nervös, wenn sie trotzen. Was ist das für einer, der jetzt drankommt?

CLOCHET: Ein großer – 30 Jahre – sportlich; es wird einen schönen Sport geben.

PELLERIN: Hoffentlich ist er nicht wie dieser Grieche.

CLOCHET: Nein, der Grieche war ein roher Klotz.

LANDRIEU: Das macht nichts, es wird ihnen übel ergehen, wenn sie nicht sprechen. *Er gähnt.* Hör auf, du bringst mich zum Gähnen. *Pause. Landrieu betrachtet den Boden seiner Konservenbüchse, ohne zu sprechen. Dann sagt er plötzlich zum Milizsoldaten:* Also geh ihn holen. *Miliz geht ab. Clochet pfeift leise. Pellerin geht zum Fenster und öffnet es weit.*

CLOCHET: Schließ das Fenster. Es wird kühl.

PELLERIN: Welches Fenster? Ach so. – *Er lacht.* Ich habe es ganz in Gedanken aufgemacht. *Er geht, um es zu schließen.*

LANDRIEU: Laß! Es wird heiß zugehen; ich brauche Luft.

CLOCHET: Mir auch recht.

Henry wird von drei Milizsoldaten hereingeführt.

4. SZENE

Vorige – Henry und drei Milizsoldaten

LANDRIEU: Setzt ihn hierher, nehmt ihm die Fesseln ab. Bindet ihm die Hände an die Armlehne. *Es geschieht.* Dein Name?

HENRY: Henry.

LANDRIEU: Henry – und?

HENRY: Henry.

Auf ein Zeichen von Landrieu schlagen die Milizsoldaten Henry.

LANDRIEU: Also – wie heißt du?

HENRY: Ich heiße Henry; genügt das nicht?

Er wird geschlagen.

LANDRIEU: Genug – sonst wird er ganz blöd. Dein Alter?

HENRY: 29 Jahre.

LANDRIEU: Beruf?

HENRY: Vor dem Kriege studierte ich Medizin.

PELLERIN: Du hast studiert, du Schwein? *Zu den Milizsoldaten:* Zieht ihm eins über.

LANDRIEU: Verlieren wir keine Zeit.

PELLERIN: Medizin! Schlagt zu!

LANDRIEU: Pellerin! *Zu Henry:* Wo ist dein Chef?

HENRY: Ich weiß es nicht.

LANDRIEU: Sicher? Nein, nicht schlagen. Rauchst du? Gebt ihm diese Zigarette. Wartet. *Er steckt sie in den Mund, zündet sie an und reicht sie ihm. Ein Milizsoldat steckt sie ihm in den Mund.* Rauche. – Was erhoffst du dir? Uns wirst du nicht bluffen. Also Henry, tu nicht großkotzig, keiner sieht dich, spar deine und unsere Zeit. Gar so lange hast du nicht mehr zu leben.

HENRY: Ihr auch nicht.

LANDRIEU: Immerhin einige Monate. Dich begraben wir noch. Rauch und denk nach. – Da du gebildet bist, sei logisch – wenn du nicht reden willst, wird deine Kameradin oder der Kleine sprechen.

HENRY: Das ist ihre Sache.

LANDRIEU: Wo ist dein Chef?

HENRY: Versucht doch, es herauszubekommen.

LANDRIEU: Also, es ist dir lieber. Nehmt ihm die Zigarette weg. Clochet, nimm dich seiner an.

CLOCHET: Steckt die Hölzer zwischen die Stricke. *Die Milizsoldaten stecken zwei Hölzer in die Fessel, die Henry um die Handgelenke hat.* Ausgezeichnet. Man wird sie so lange drehen, bis du sprichst.

HENRY: Ich werde nicht sprechen.

CLOCHET: Nicht gleich – erst wirst du schreien.

HENRY: Probier es doch.

CLOCHET: Du nimmst dir viel heraus. Ich warne dich. Wer von zu hoch herunterstürzt, zerschmettert. Dreht – Langsam – Also – Nichts? Nein? Dreht, dreht – wartet, er fängt schon an zu leiden. Also? Nein? Noch nicht? Verstehe – für einen so Gebildeten zählt der körperliche Schmerz nicht – Schade nur, daß ihn dein Gesicht verrät. *Sanft:* Du schwitzt – ich leide mit dir – *Er wischt ihm mit seinem Taschentuch den Schweiß vom Gesicht.* Dreht – wird er schreien, wird er nicht schreien – Du bewegst dich, du kannst verhindern, daß du schreist, aber nicht, daß dein Kopf wackelt – wie das weh tut, nicht wahr? *Er legt den Finger an Henrys Wange.* Wie du die Zähne zusammenbeißt, du hast also Angst? «Wenn ich es nur noch einen Augenblick aushalte, einen kleinen Augenblick» – Aber nach diesem Augenblick kommt ein anderer, und noch ein anderer, bis du einsiehst, daß die Schmerzen zu arg sind und du dich lieber selber verachtest. Wir lassen dich nicht los. *Er nimmt Henrys Kopf in die Hände.* Diese Augen sehen mich schon nicht mehr – oder was sehen sie? *Sanft:* Du bist hübsch – dreht – *Pause. Triumphierend:* Du wirst schreien, Henry, du wirst schreien – ich sehe, wie der Schrei deinen Hals aufbläht – er steigt höher – immer höher – jetzt hat er die Lippen erreicht – noch eine letzte kleine Anstrengung – dreht... *Henry schreit.* Ha! *Pause.* Wie du dich schämst – dreht – ohne Unterbrechung – *Henry schreit.* Siehst du, nur der erste Schrei zählt – und jetzt wirst du ganz lieb und selbstverständlich sprechen.

HENRY: Ich werde nur schreien.

CLOCHET: Nein, Henry, nein! Du hast kein Recht mehr, den Stolzen zu spielen. «Versucht nur, mich zum Schreien zu bringen.» Du hast gesehen, es hat gar nicht lange gedauert. Wo ist dein Chef? Sei vernünftig, Henry, ganz vernünftig, sag aus, wo er ist. Worauf wartest du denn? Schrei oder sprich. – Dreht, so dreht doch, zum Teufel, sprengt ihm die Handgelenke. – Halt, er ist ohnmächtig. *Er holt eine Flasche Schnaps und ein Glas – er gibt Henry zu trinken. Mit sanfter Stimme:* Trink, armer Märtyrer, geht's schon besser? Gut, es geht weiter, holt die Apparate.

LANDRIEU: Nein.

CLOCHET: Was?

LANDRIEU *wischt sich den Schweiß vom Gesicht*: Führt ihn ins andere Zimmer, dort könnt ihr weiter arbeiten.

CLOCHET: Dort sind wir zu beengt.

LANDRIEU: Ich befehle hier, Clochet, zum zweitenmal muß ich es dir sagen.

CLOCHET: Aber ...

LANDRIEU *wütend*: Soll ich dir ein paar in die Fresse schlagen?

CLOCHET: Gut, gut. – Führt ihn da hinein.

Die Miliz bindet Henry los und schleppt ihn ab.

5. SZENE

Pellerin – Landrieu

PELLERIN: Kommst du mit?

LANDRIEU: Clochet ekelt mich an.

PELLERIN: Er quatscht zuviel. *Pause.* Der Herr Mediziner. So ein Schwein! Ich hab die Schule mit dreizehn Jahren verlassen müssen, ich mußte mir mein Leben verdienen. Ich hatte nicht das Glück, reiche Eltern zu haben, die mich studieren ließen.

LANDRIEU: Hoffentlich redet er!

PELLERIN: Verflucht noch einmal, er wird reden.

LANDRIEU: Es wird ihm übel ergehen, wenn er nicht redet.

Henry schreit. Landrieu geht zur Tür und schließt sie. Wieder Schreie, die man, obwohl die Tür geschlossen ist, genau hört. Landrieu geht zum Radio und dreht den Knopf. Musik.

PELLERIN *verdutzt*: Du auch, Landrieu?

LANDRIEU: Man muß gute Nerven haben – das mitanzuhören.

PELLERIN: Soll nur schreien – der stinkende Intellektuelle – *Starke Musik:* Nicht so laut – ich kann ihn nicht mehr hören.

LANDRIEU: Geh doch hinein. *Pellerin zögert und geht dann ab.* Er muß reden. Er ist ein Feigling – er muß ein Feigling sein.

Musik und Schreie – die dann aufhören. Pause. Pellerin kommt verstört zurück.

PELLERIN Er krepiert lieber – aber spricht nicht.

LANDRIEU: Bringt ihn herein.

6. SZENE

Vorige – Clochet – Die Miliz – Henry

PELLERIN *geht zu Henry*: Wir sind noch nicht fertig. Freu dich nicht zu früh – Schlag die Augen nieder, schlag die Augen nieder ... *Er schlägt ihn.* Schweinehund.

CLOCHET *nähert sich*: Gib die Hand her, ich will dir die Fesseln wieder anlegen. *Er legt ihm die Fesseln an.* Das tut weh, hm? Das tut weh, nicht? Armer kleiner Junge – *Er streichelt ihm das Haar.* Geh, sei doch nicht so stolz – du hast geschrien, du hast trotz allem geschrien – morgen wirst du sprechen. *Die Miliz führt Henry nach einem Wink Landrieus ab.*

7. SZENE

Vorige, ohne Henry und die Miliz

PELLERIN: So ein Schwein.

LANDRIEU: Es wird ihm übel ergehen ...

CLOCHET: Wem?

LANDRIEU: Wenn er nicht redet.

CLOCHET: Aber er hat geschrien. *Er zuckt mit den Achseln.*

PELLERIN: Holt das Mädel.

LANDRIEU: Das Mädel ... wenn sie nicht spricht ...

PELLERIN: Was dann ...

LANDRIEU: Nichts – *Mit plötzlicher Heftigkeit:* Einer von ihnen m u ß sprechen.

CLOCHET: Der Blonde muß her – der ist reif.

LANDRIEU: Der Blonde?

CLOCHET: Sorbier – das ist ein Feigling.

LANDRIEU: Ein Feigling? Hol ihn. *Clochet ab.*

8. SZENE

Pellerin – Landrieu

PELLERIN: Alle sind sie Feiglinge. Manche sind außerdem bockig.
LANDRIEU: Pellerin, was würdest du machen, wenn man dir die Nägel von den Fingern risse?
PELLERIN: Die Engländer machen das nicht.
LANDRIEU: Aber die vom Maquis?
PELLERIN: Uns wird man nicht die Nägel abreißen.
LANDRIEU: Warum nicht?
PELLERIN: Uns können solche Sachen nicht passieren.
Clochet kommt vor Sorbier.
CLOCHET: Laßt ihn mir...

9. SZENE

Vorige – Clochet, dann Sorbier mit der Miliz

CLOCHET: Nehmt ihm die Fessel ab. Bindet ihn an den Stuhl. Gut! *Er geht zu Sorbier.* Siehst du, nun bist du wieder da, nun sitzt du wieder auf diesem Sesselchen, und wir sind auch da. Weißt du, warum wir dich geholt haben?
SORBIER: Nein.
CLOCHET: Weil du ein Feigling bist und den Bissen hinunterschlucken wirst. Bist du nicht ein Feigling?
SORBIER: Doch.
CLOCHET: Siehst du, siehst du wohl, ich habe es in deinen Augen gelesen – zeig sie mir, diese großen Augen voll Angst.
SORBIER: Du wirst dieselben haben, wenn du baumelst.
CLOCHET: Sei nicht großmäulig, es steht dir nicht.
SORBIER: Dieselben; denn wir sind Brüder. Ich ziehe dich an – nicht mich quälst du – dich quälst du.
CLOCHET *brüsk*: Bist du Jude?
SORBIER *erstaunt*: Ich – nein.
CLOCHET: Ich sage dir, du bist Jude. *Er macht der Miliz ein Zeichen, diese schlagen Sorbier.* Du bist kein Jude?
SORBIER: Doch, ich bin Jude.
CLOCHET: Aha – Also höre – Zuerst die Nägel. Dabei hast du Zeit nachzudenken. – Wir sind pressiert – wir haben Nachtdienst. Wirst du sprechen?
SORBIER: Dreckhaufen.

CLOCHET: Was sagst du?

SORBIER: Ich sage: Dreckhaufen. Du und ich, wir sind Dreckhaufen.

CLOCHET *zur Miliz*: Nehmt die Zangen und fangt an.

SORBIER: Laßt mich – laßt mich – ich werde sprechen – ich will alles sagen.

CLOCHET *zu den Milizsoldaten*: Zieht trotzdem ein bißchen, damit er sieht, daß wir keinen Spaß machen. *Sorbier stöhnt.* Gut. – Wo ist dein Chef?

SORBIER: Bindet mich los. Ich halt's auf diesem Stuhl nicht mehr aus. Ich kann nicht mehr, ich kann nicht mehr. *Zeichen von Landrieu. Die Gehilfen binden ihn los. Er steht auf und geht schwankend zum Tisch.* Eine Zigarette.

LANDRIEU: Später.

SORBIER: Was wollt ihr wissen? Wo der Chef ist? Ich weiß es – die andern wissen es nicht – aber ich weiß es. Ich war sein Vertrauter – er ist ... *Zeigt brüsk einen Punkt hinter ihnen* ... Da – *Alle drehen sich um – er springt zum Fenster und steigt hinauf.* Ich habe gewonnen – kommt mir nicht zu nahe, oder ich springe. Ich habe gewonnen.

CLOCHET: Sei kein Licht. Wenn du sprichst, lassen wir dich laufen.

SORBIER *schreiend*: Hallo, ihr da oben: Henry, Canoris, ich habe nicht gesprochen – *Die Milizsoldaten springen auf ihn zu – er zum Fenster hinaus.* – Gute Nacht!

10. SZENE

Clochet – Landrieu – Pellerin – Miliz

PELLERIN: Dieses Schwein – dieses Schwein. *Sie sehen zum Fenster hinab.*

LANDRIEU: Geht hinunter. Wenn er noch lebt, bringt ihn herauf. Wir werden ihm einheizen – bis er uns unter den Händen krepiert. *Miliz ab. Pause.*

CLOCHET: Ich habe euch gesagt, man soll das Fenster schließen. *Landrieu geht zu ihm und schlägt ihm mit der Faust ins Gesicht.*

LANDRIEU: Das kannst du in deinen Rapport aufnehmen. *Pause. Clochet wischt sich mit dem Taschentuch ab. Die Miliz kommt zurück.*

EIN MILIZSOLDAT: Verreckt.

LANDRIEU: Dieser Schweinehund! *Zur Miliz:* Holt das Mädel her. *Die Miliz ab.* Sie wird sprechen. – Verflucht noch einmal, sie werden sprechen ...

Vorhang

DRITTER AKT

Der Speicher. François, Canoris, Henry sitzen auf dem Fußboden eng aneinandergeschmiegt. Sie bilden so eine geschlossene Gruppe. Sie sprechen mit gedämpften Stimmen. Jean umkreist sie, sichtlich unglücklich. Von Zeit zu Zeit hat es den Anschein, als wollte er sich an den Gesprächen beteiligen; er setzt aber stets, ohne diesen Vorsatz auszuführen, sein Hinundhergehen fort.

1. SZENE

François – Canoris – Henry – Jean

CANORIS: Während sie meine Arme festbanden, sah ich sie mir an. Einer schlug mich – ich betrachtete ihn und dachte: ich habe dieses Gesicht schon irgendwo gesehen. Dann schlugen alle auf mich ein, und ich versuchte, mich zu erinnern, woher ich diesen Kerl kenne.

HENRY: Welcher war das?

CANORIS: Der Kleine, der so viel quatscht. Ich habe ihn in Grenoble gesehen! Du kennst doch Chasières, den Konditor von der Langen Gasse? Der die Baisers mit echter Schlagsahne hinter dem Ladentisch verkauft hat. Jeden Sonntagmorgen hab ich den Kleinen mit einem Paket voll Süßigkeiten, mit einer rosa Schnur gebunden, aus dem Geschäft kommen gesehen. Ich erinnere mich genau an sein Verbrechergesicht – ich war der Meinung, einer von der Polizei.

HENRY: Das hättest du mir früher sagen sollen.

CANORIS: Daß es ein Spitzel war?

HENRY: Nein, daß Chasières Baisers mit echter Schlagsahne verkauft hat. Hat er dir auch seine Mätzchen ins Ohr geflötet?

CANORIS: Er kam mir ganz nahe, ich spürte seinen stinkigen Atem.

JEAN *brüsk*: Was hat er dir gesagt?

Alle drehen sich nach ihm um und sehen ihn erstaunt an.

HENRY: Nichts. Dummes Gewäsch.

JEAN: Ich hätt's nicht ertragen können.

HENRY: Warum nicht? Eine kleine Zerstreuung.

JEAN: Ach so. Ja – natürlich, das kann ich nicht beurteilen.

Schweigen. Henry dreht sich zu Canoris.

HENRY: Was können die im Zivil wohl sein?

CANORIS: Der Dicke, der alles aufnotiert, könnte Zahnarzt sein.

HENRY: Möglich. Ein Glück, daß er seinen Bohrer nicht mitgebracht hat. *Alle lachen.*

JEAN *wütend*: Lacht nicht! *Sie hören zu lachen auf und sehen ihn an.* Ihr könnt lachen – ihr habt ein Recht dazu. Ich darf euch auch nichts mehr befehlen. *Pause.* Wenn man mir gesagt hätte, daß ihr mich eines Tages einschüchtern könnt... *Pause.* Aber daß ihr den Mut findet, lustig zu sein?

HENRY: Man tut, was man kann.

JEAN: Richtig. Und ihr leidet für eure Rechnung. Das beruhigt das Gewissen. Ich war verheiratet, ich hab es euch verschwiegen. Meine Frau ist im Kindbett gestorben. Ich ging im Vestibül der Klinik auf und ab, ich wußte, daß sie sterben wird. Alles wiederholt sich, alles. Ich wollte ihr helfen, aber ich konnte es nicht. Ich lief hin und her, ich horchte, um ihr Schreien zu hören. Aber sie schrie nicht. Sie hatte die bessere Rolle, wie ihr auch...

HENRY: Es ist nicht unsere Schuld.

JEAN: Auch nicht meine; ich wollte, ich könnte euch helfen.

CANORIS: Du kannst nicht.

JEAN: Ich weiß es... *Pause.* Zwei Stunden ist sie schon bei ihnen, euch haben sie nicht so lange behalten.

HENRY: Sie ist eine Frau... da gibt es Unterhaltung...

JEAN *losbrechend*: Ich komme wieder. In einer Woche, in einem Monat, ich lasse sie von meinen Leuten kastrieren...

HENRY: Du hast Glück, du kannst sie noch hassen.

JEAN: Ist das ein Glück? *Er macht einige Schritte, dann, von einem Gedanken erfaßt, schleppt er einen alten Ofen unter die Dachluke.*

CANORIS: Was machst du denn? Du fällst mir auf die Nerven.

JEAN: Ich möchte ihn vor Einbruch der Nacht noch einmal sehen.

HENRY: Wen?

JEAN: Sorbier.

HENRY *gleichgültig*: Ach so...

Jean steigt auf den Ofen und sieht zur Dachluke hinaus.

JEAN: Er ist noch immer da... sie lassen ihn hier verfaulen. Wollt ihr heraufsteigen? Ich helfe euch.

CANORIS: Wozu?

JEAN: Ja, wozu? Die Toten überlaßt ihr mir.

FRANCOIS: Ich möchte ihn sehen.

HENRY: Ich rate dir: lieber nicht.

FRANCOIS *zu Jean*: Hilf mir. *Jean hilft ihm. François sieht.* Er hat... sein Schädel ist... *Er steigt herunter und geht zitternd in eine Ecke.*

HENRY *zu Jean*: Das hast du ja mal wieder verdammt schlau gemacht.

JEAN: Wieso? Ich dachte, ihr seid so abgehärtet, daß ihr den Anblick eines Toten ertragen könnt.

HENRY: Ich vielleicht – nicht der Kleine. – François, er hat jetzt Ruhe

– du hast noch ein Stück Weges vor dir – kümmere dich um deine Angelegenheiten.

FRANCOIS: Auch ich werde einen zerschmetterten Schädel haben und solche Augen.

HENRY: Das geht dich dann nichts mehr an, du wirst dich nicht sehen... *Jean geht immer noch auf und ab. Dann bleibt er vor Canoris und Henry stehen.*

JEAN: Muß man mir die Nägel von den Fingern reißen, damit ich wieder euer Kamerad bin?

CANORIS: Du bist immer noch unser Kamerad.

JEAN: Du weißt sehr gut, daß ich es nicht bin. *Pause.* Wer sagt euch, daß ich es nicht ausgehalten hätte. *Zu Henry:* Ich hätte nicht geschrien, ich nicht.

HENRY: Und?

JEAN: Verzeiht, ich habe zu schweigen.

HENRY: Komm, Jean, setz dich zu uns. *Jean zögert zuerst, dann setzt er sich.* Du würdest genau so handeln, wenn du in unserer Lage wärst. Aber du bist es nicht. Wir haben nicht die gleichen Sorgen. *Jean steht brüsk auf.* Was ist denn?

JEAN: Solange sie nicht wieder hier ist, habe ich keine Ruhe.

HENRY: Siehst du, du rennst hin und her, du regst dich auf, du bist zu lebendig.

JEAN: Sechs Monate hab ich mich nicht getraut, ihr zu sagen, daß ich sie liebe. Nachts, wenn ich sie in meine Arme nahm, löschte ich das Licht aus. Und jetzt ist sie nackt vor diesen Tieren, die sie mit ihren schmierigen Tatzen anfassen...

HENRY: Was kann dir das ausmachen? Hauptsache, daß man siegt.

JEAN: Was?

HENRY: Siegt! Zwei Gegner stehen sich gegenüber – der eine will den andern zum Reden zwingen. *Er lacht:* Blöd ist das. Aber was bleibt uns übrig? Wenn wir reden, ist alles verloren. Sie haben einige Punkte voraus, weil ich schreien mußte, aber im großen ganzen liegen wir nicht schlecht im Rennen!

JEAN: Siegen! Es ist zum Lachen. Die Schande und die Schmerzen, die Lucie empfindet, sind echt.

HENRY: Und? – Auch ich habe mich geschämt, daß sie mich zum Schreien gebracht haben. Aber das hält nicht an. Wenn sie nichts sagt, können die Hände dieser Männer sie nicht beschmutzen. Das sind arme Teufel.

JEAN: Es sind Männer, und sie ist in ihrer Gewalt.

HENRY: Tröste dich. Wenn es dich interessiert: Auch ich liebe sie.

JEAN: Du?

HENRY: Warum nicht? Es war mir nicht zum Lachen, wenn ihr abends die Treppe hinaufgestiegen seid. Und wegen der Lichter, komisch, ich habe mich oft gefragt, ob du sie auslöschst.

JEAN: Du liebst sie – und kannst ruhig sitzenbleiben?

HENRY: Ihr Leiden bringt sie mir näher. Das Glück, das du ihr gabst, entfernte sie von mir. Heute bin ich ihr näher als du.

JEAN: Das ist nicht wahr ... Das ist nicht wahr ... Sie denkt an mich, während man sie quält, sie denkt nur an mich. Um mich nicht zu verraten, erduldet sie die Schande und die Qualen.

HENRY: Nein, nur um zu siegen.

JEAN: Lüge. – *Pause.* Sie sagte: Wenn ich zurückkomme, wirst du in meinen Augen ...

Lärm draußen.

HENRY: Sie kommt zurück; du kannst in ihren Augen lesen.

Die Tür öffnet sich, Henry steht auf.

2. SZENE

Vorige – Lucie

Jean und Henry betrachten sie schweigend – sie geht in die Ecke rechts und setzt sich vor dem Bühnenrand – Pause.

LUCIE: François! *François schmiegt sich an sie.* Rühr mich nicht an. – Gib mir den Mantel von Sorbier. *François nimmt den Mantel.* Leg ihn mir über die Schultern. *Sie wickelt sich fest ein.*

FRANCOIS: Ist dir kalt?

LUCIE: Nein. *Pause.* Was machen sie? Sie sehen mich an. Warum reden sie nicht miteinander?

JEAN *nähert sich ihr von rückwärts*: Lucie ...

CANORIS: Laß sie.

JEAN: Lucie.

LUCIE *sanft*: Was willst du?

JEAN: Du versprachst mir, daß in deinen Augen nur Liebe ...

LUCIE: Liebe! –

CANORIS, *der aufgestanden ist*: Hör auf ... Du kannst später mit ihr reden.

JEAN *heftig*: Laß mich. Sie gehört zu mir. Ihr habt mich fallenlassen, ihr andern, und ich habe nichts zu sagen, aber sie werdet ihr mir nicht nehmen. *Zu Lucie:* Sprich zu mir. Du bist nicht wie sie. Es ist unmöglich, daß du wie sie bist. Warum antwortest du nicht? Bist du mir böse?

LUCIE: Ich bin dir nicht böse.

JEAN: Meine liebe Lucie.

LUCIE: Ich bin nicht mehr deine liebe Lucie, Jean.

JEAN: Du liebst mich nicht mehr?

LUCIE: Ich weiß es nicht. *Er macht einen Schritt auf sie zu.* Bitte rühr mich nicht an. *Mit Überwindung:* Eigentlich muß ich dich noch lieben. Aber ich fühle meine Liebe nicht mehr. *Müde:* Ich fühle nichts mehr.

CANORIS *zu Jean*: Komm doch ... *Er zieht ihn zu sich und zwingt ihn, sich niederzusetzen.*

LUCIE: Was machen wir jetzt? Das alles ist unwichtig.

FRANCOIS: Sie haben sich gesetzt. Sie kehren sich den Rücken.

LUCIE: So sag ihnen, daß ich nichts verraten habe.

CANORIS: Das wissen wir, Lucie.

LUCIE: So.

Langes Schweigen. Dann Schritte im Vorraum. François richtet sich auf und schreit.

LUCIE: Was hast du denn? Ah, du bist an der Reihe. *Die Schritte nähern sich.* Verteidige dich gut, sie müssen sich schämen! *Die Schritte entfernen sich. François wirft sich über Lucies Knie.*

FRANCOIS: Ich halt's nicht mehr aus ... Ich halte es nicht mehr aus ...

LUCIE: Schau mich an. *Sie hebt seinen Kopf.* Wie du dich fürchtest. – Du wirst aber nicht reden? Antworte ...

FRANCOIS: Ich weiß es nicht mehr – ich hatte noch ein bißchen Mut. Aber ich hätte dich nicht sehen sollen. Du, mit deinen zerzausten Haaren, deiner zerrissenen Bluse, und ich weiß, daß sie dich ...

LUCIE *schreiend*: Sie haben mich nicht berührt – niemand hat mich berührt – ich war wie aus Stein, ich habe ihre Hände nicht gefühlt. Ich sah ihnen ins Gesicht und dachte, nichts wird geschehen. *Mit Leidenschaft:* Und es ist nichts geschehen. Zum Schluß hatten sie Angst vor mir. *Pause.* François, erst wenn du sprichst, werden sie mich wirklich geschändet haben. Sie werden sagen: am Ende haben wir sie doch gekriegt. Wenn sie an mich denken, werden sie grinsend sagen: «Mit der Kleinen war es recht lustig.» Wirst du schweigen?

FRANCOIS *zuckt mit den Achseln – ohne zu antworten. Schweigen.*

HENRY: Nun, Jean, wer hat recht? Sie will siegen, das ist alles.

JEAN: Schweig ... warum willst du sie mir nehmen? Du hast alles, du wirst in Freude und mit Stolz sterben. Ich habe nur sie und ich werde leben.

HENRY: Ich will nichts, nicht ich werde sie dir nehmen.

JEAN: Weiter, weiter, du hast alle Rechte, auch mich zu quälen, du hast im voraus bezahlt. *Er steht auf.* Wie sicher ihr seid. Genügt es denn, körperlich zu leiden, um sein Gewissen zu beruhigen?

Henry antwortet nicht. Begreifst du denn nicht, daß ich von euch allen der Unglücklichste bin?

FRANCOIS, *der sich brüsk erhoben hat*: Ha, ha, ha ...

JEAN *schreiend*: Der Unglücklichste, der am meisten leidet ...

FRANCOIS *springt auf*: Seht ihn an! Seht ihn doch an! Der Unglücklichste von uns allen ... Er hat geschlafen und gegessen, seine Hände sind frei, er wird den kommenden Tag erblicken, er wird leben. Aber er ist der Unglücklichste. Was willst du eigentlich? Das man dich bemitleidet? Du Schwein!

JEAN *mit verschränkten Armen*: Gut.

FRANCOIS: Bei jedem Geräusch schrecke ich auf. Ich kann meinen Speichel nicht mehr hinunterschlucken, ich krepiere vor Angst. Aber der Unglücklichste ist er. Gewiß! Ich werde in Freude sterben. *Heftig:* Ich schenk dir mein Glück.

LUCIE *erhebt sich brüsk*: François!

FRANCOIS: Ich verrate dich, ich geb dich an, du kannst dann meine Freuden mit mir teilen.

JEAN *leise, aber schnell*: Tu's – du weißt nicht, wie ich's mir wünsche.

LUCIE: François! – *Sie fast François beim Nacken und dreht seinen Kopf ihrem Gesicht zu.* Schau mich an: hast du wirklich den Mut dazu?

FRANCOIS: Mut! Laß die großen Worte. Ich werde ihn verraten, das ist alles! Und so einfach. Wenn sie sich mir nähern, wird sich mein Mund von selbst öffnen – und seinen Namen nennen. Und ich werde dem Mund recht geben. Dazu gehört kein Mut. Wenn ich euch so sehe, blaß und verzerrt mit euren verkrampften Händen, dann habe ich vor eurer Verachtung keine Angst mehr. *Pause.* Ich werde dich retten, Lucie. Sie werden uns das Leben schenken.

LUCIE: Ich will so ein Leben nicht.

FRANCOIS: Ich schon – ich will leben, gleichgültig wie – die Schande vergeht, wenn das Leben lang ist.

CANORIS: Sie werden dich nicht laufen lassen, François, selbst wenn du redest.

FRANCOIS *zeigt auf Jean*: Dann soll er auch leiden.

HENRY *geht zu Lucie*: Glaubst du, daß er reden wird?

LUCIE *sieht François an*: Ja ...

HENRY: Bist du davon überzeugt?

LUCIE *nach längerem Nachdenken*: Ja.

HENRY *geht zu François.*

CANORIS *steht auf und stellt sich neben Henry. Beide schauen François an.*

HENRY: Ich bin nicht dein Richter, François. Du bist ein kleiner Junge, und das alles war zu schwer für dich. In deinem Alter hätte ich wahrscheinlich auch gesprochen.

CANORIS: Wir sind schuld, wir hätten dich nicht mitnehmen sollen. Es gibt Gefahren, denen nur Erwachsene ausgesetzt werden sollten. Wir bitten dich um Verzeihung.

FRANCOIS *zurückweichend*: Was soll das heißen?

HENRY: Es geht nicht, daß du sprichst. Sie würden dich trotzdem töten, weißt du? Und du würdest erniedrigt sterben.

FRANCOIS *erschrocken*: Gut, ich werde nicht reden, ich versichere euch, ich werde nicht reden. Laßt mich ...

HENRY: Wir haben kein Vertrauen mehr. Sie wissen, daß du unser wunder Punkt bist. Sie werden dich so grausam peinigen, bis du den Bissen geschluckt haben wirst. Unsere Aufgabe ist es, dich am Sprechen zu hindern.

JEAN: Bildet ihr euch ein, daß ich das zulassen werde?

LUCIE *stellt sich ihm in den Weg*: Misch dich nicht ein.

JEAN: Er ist dein Bruder.

LUCIE: Und wenn auch, er wäre ohnehin morgen gestorben.

JEAN: Ich kenne dich nicht wieder – ich habe Angst vor dir.

LUCIE: Er muß schweigen; die Mittel zählen nicht.

FRANCOIS: Ihr werdet doch nicht ... *Sie antworten nicht.* Wo ich euch doch beschwöre, daß ich nicht sprechen werde. *Sie antworten nicht.* Lucie, zu Hilfe! Ich werde nichts sagen, ich schwöre dir, daß ich nichts sagen werde.

JEAN: Ihr werdet ihn nicht anrühren.

HENRY: Jean, wann kommen die Freunde in dieses Dorf?

JEAN: Dienstag.

HENRY: Wieviel?

JEAN: Sechzig.

HENRY: Sechzig, die dir vertrauen. Und die Dienstag wie Ratten verrecken werden. – Sie oder er. Entscheide.

JEAN: Ihr habt kein Recht, von mir eine solche Entscheidung zu verlangen.

HENRY: Bist du der Chef? Also!

JEAN *zögert einen Augenblick, dann entfernt er sich.*

HENRY *auf François zu.*

FRANCOIS *starrt ihn an und beginnt zu schreien*: Zu Hilfe, Lucie. Ich will nicht hier sterben! Nicht in dieser Finsternis. Henry, ich bin erst 15 Jahre. Laß mich noch leben. Töte mich nicht im Dunkeln. *Henry faßt ihn an der Kehle. Jean bleibt unbeweglich.* Lucie ... *Lucie wendet sich ab.* Ich hasse euch alle ...

LUCIE: Mein Kleiner – mein armer Kleiner – mein einzig Geliebter – verzeih uns. *Sie wendet sich ab. Pause.* Mach schnell.

HENRY: Ich kann nicht. Sie haben mir die Handgelenke zerquetscht. *Pause.*

LUCIE: Ist es geschehen?

HENRY: Er ist tot.

Lucie dreht sich um und nimmt François in die Arme. Sein Kopf ruht auf ihren Schultern.

JEAN: Was ist aus euch geworden! Warum seid ihr nicht mit den andern umgekommen. Mir graut vor euch.

HENRY: Glaubst du, ich liebe mich?

JEAN: Du wirst in 24 Stunden erlöst sein, aber ich? Ich werden diesen Kleinen täglich vor mir sehen, wie er um Gnade flehte. Und deine Fratze, als deine Hände sich um seinen Hals krallten. *Er geht zu François und schaut ihn an.* 15 Jahre! Er ist in Haß und Angst gestorben. *Er geht zu Henry zurück.* Er hatte dich gern, er schlief mit seinem Kopf an deiner Schulter; er sagte zu dir: «Ich schlafe besser, wenn du da bist.» *Pause.* Verbrecher!

HENRY *zu Canoris und zu Lucie*: So redet doch, ihr da, laßt mich nicht im Stich. Lucie! Canoris! Ihr habt ihn mit meinen Händen getötet. *Keine Antwort; er wendet sich zu Jean:* Und du, der du mich richtest, sag doch: was hast du getan, um ihn zu schützen?

JEAN *heftig*: Was konnte ich tun?

HENRY: Deine Hände waren frei, du hättest zuschlagen sollen. *Leidenschaftlich:* Hättest du doch zugeschlagen ... hättest du mich doch niedergeschlagen ...!

JEAN: Meine Hände frei? Ihr habt mich gefesselt. Wenn ich nur ein Wort sage, wenn ich eine Bewegung mache, heißt es: «Und die Kameraden?» Ihr habt mich ausgeschlossen. Ihr habt kaltblütig über mein Leben wie über meinen Tod entschieden: Sagt jetzt nicht, ich sei euer Komplice; das wäre zu unbequem. Nur ein Zeuge bin ich. Und ich bezeuge, daß ihr Mörder seid. *Pause.* Du hast ihn aus Hochmut gemordet.

HENRY: Du lügst.

JEAN: Aus Hochmut! Sie haben dich zum Schreien gebracht, eh? Und da schämst du dich! Da willst du dich rehabilitieren? Du willst dir einen schönen Tod leisten! Ist es nicht so? Du willst siegen, hast du uns gesagt, du willst siegen.

HENRY: Es ist nicht wahr! Es ist nicht wahr! Sag ihm, daß es nicht wahr ist. *Lucie antwortet nicht. Er macht einen Schritt auf sie zu.* Antworte. Glaubst du, daß ich ihn aus Hochmut getötet habe?

LUCIE: Ich weiß nicht. *Pause. Dann mühsam:* Er durfte nicht sprechen.

HENRY: Haßt du mich? Er war dein Bruder, nur du hast das Recht, mich zu verurteilen.

LUCIE: Ich hasse dich nicht. *Er nähert sich dem Toten, den Lucie in den Armen hält.* Berühre ihn nicht. *Henry wendet sich langsam ab und geht zu Canoris.*

HENRY: Canoris, du hast nicht geschrien, und doch wolltest du, daß er sterbe. Haben wir ihn aus Hochmut getötet?

CANORIS: Ich bin nicht hochmütig. Du solltest das wissen.

HENRY: Ich ... nein, ich weiß nichts mehr. Es ist alles zu schnell gegangen. Und jetzt ist er tot. *Plötzlich.* Laßt mich nicht im Stich. Ihr habt nicht das Recht, mich im Stich zu lassen. Als ich meine Hände um seinen Hals legte, schien es mir, als wären es unsere Hände; als wären es mehrere, die zudrückten. Sonst hätte ich es nicht gekonnt.

CANORIS: Er mußte sterben; wenn ich ihm näher gewesen wäre, hätte ich zugedrückt. Und was in deinem Innern vorgegangen ist ...

HENRY: Nun?

CANORIS: Das zählt nicht. Nichts zählt in diesen vier Wänden. Er mußte sterben: das ist alles.

HENRY: Es ist gut. *Er geht zu dem Toten. Zu Lucie:* Hab keine Angst, ich rühr ihn nicht an. *Er neigt sich über ihn und sieht ihn lange an. Dann richtet er sich wieder auf.* Jean, als wir unseren ersten Sabotageakt machten, wieviel Geisel wurden da erschossen?

JEAN *antwortet nicht.*

HENRY: Zwölf. Es war ein kleiner Junge dabei. Destaches hieß er. Erinnerst du dich, wir haben die Plakate in der Rue des Minimes gesehen. Charbonnel wollte sich stellen, aber du hast ihn daran gehindert.

JEAN: Und?

HENRY: Hast du dich gefragt, warum du ihn gehindert hast?

JEAN: Das ist nicht dasselbe.

HENRY: Vielleicht. Um so besser für dich, wenn deine Motive reiner waren: du hast dir halt ein gutes Gewissen bewahrt. Aber Destaches ist trotzdem tot. Ich werde nie mehr ein gutes Gewissen haben, nie mehr ... bis sie mich an eine Wand stellen werden, mit einer Binde vor den Augen. Aber warum will ich denn eins haben? Der Junge mußte sterben.

JEAN: Ich möchte nicht in deiner Haut stecken.

HENRY: Du bist nicht in unserer Lage, Jean. Du kannst uns weder verstehen noch richten. *Langes Schweigen. Lucie streichelt das Haar von François, ohne ihn anzusehen.*

LUCIE: Du bist tot, und meine Augen sind trocken. Verzeiht mir, ich habe keine Tränen mehr. Und der Tod keine Bedeutung mehr. Draußen liegen dreihundert im Grase, und auch ich werde kalt und nackt sein, und keine Hand wird mein Haar streicheln. Aber das muß uns nicht leid tun, weißt du, auch das Leben hat keine Bedeutung mehr. Schlaf wohl! Du hast getan, was du konntest. Wenn du auf halbem Wege stehengeblieben bist, so waren deine Kräfte daran schuld, die noch zu schwach waren. Kein Mensch hat ein Recht, dich zu tadeln.

JEAN: Niemand. *Langes Schweigen, dann setzt sich Jean neben Lucie.* Lucie – *Sie macht eine abwehrende Geste.* Laß mich hier, ich möchte dir helfen.

LUCIE: Mir helfen? Wozu? Ich brauche keine Hilfe.

JEAN: Doch – ich glaube, du brauchst sie – ich habe Angst, daß du zusammenbrichst.

LUCIE: Bis morgen abend werde ich noch aushalten.

JEAN: Du bist zu verkrampft, du wirst es nicht aushalten. Dein Mut wird dich plötzlich verlassen.

LUCIE: Warum bist du um mich besorgt? *Sie sieht ihn an.* Du hast Kummer. Gut, ich werde dich beruhigen, und dann wirst du weggehen. Alles ist sehr einfach geworden, seit der Kleine tot ist; ich brauche mich nur noch mit mir zu beschäftigen. Und ich brauche keinen Mut, um zu sterben, du weißt, daß ich ihn auf alle Fälle nicht lange überlebt hätte. Und jetzt geh; ich werde später von dir Abschied nehmen, wenn sie mich holen kommen.

JEAN: Laß mich bei dir bleiben; ich werde schweigen, wenn du willst, aber ich werde bei dir sein, und du wirst dich nicht allein fühlen.

LUCIE: Nicht allein? Mit dir? O Jean, du hast also nicht verstanden? Wir haben nichts mehr gemeinsam.

JEAN: Hast du vergessen, daß ich dich liebe?

LUCIE: Die du liebtest, war eine andere.

JEAN: Nein, dich!

LUCIE: Ich bin eine andere. Ich erkenne mich selbst nicht mehr. In mir ist etwas zerbrochen.

JEAN: Vielleicht bist du eine andere geworden. Dann liebe ich diese andere und morgen werde ich die Tote lieben. Dich liebe ich, dich, Lucie, glücklich oder unglücklich, lebend oder tot. Dich!

LUCIE: Gut – du liebst mich – und was dann?

JEAN: Du liebtest mich auch ...

LUCIE: Ja – ich liebte auch meinen Bruder, den ich töten ließ. Unsere Liebe ist so weit, warum sprichst du von ihr? Sie war wirklich nicht wichtig.

JEAN: Du lügst, du weißt genau, daß du lügst! Unsere Liebe war unser Leben. Alles, was wir erlebt haben, haben wir zusammen erlebt.

LUCIE: Unser Leben, ja. Unsere Zukunft. Ich lebte in der Erwartung, ich liebte dich in der Erwartung. Ich wartete auf das Ende des

Krieges, da wir einander vor aller Augen angehören würden. Ich wartete jeden Abend auf dich. Ich habe keine Zukunft mehr, ich warte nur noch auf meinen Tod. Und ich werde allein sterben. *Pause.* Laß mich. Wir haben einander nichts mehr zu sagen, ich leide nicht und brauche keinen Trost.

JEAN: Glaubst du, daß ich dich zu trösten versuche? Ich sehe deine ausgetrockneten Augen, und ich weiß, daß dein Herz eine Hölle ist: Keine Spur von Leiden, nicht einmal eine Träne. Wie mußt du leiden, daß du nicht leiden kannst. Oh, ich habe mir hundertmal die Foltern vorgestellt, ich habe sie alle im voraus gefühlt, aber ich habe nicht wissen können, wie entsetzlich dein Stolz leiden wird. Lucie, ich möchte dir ein wenig Mitleid für dich selbst einflößen. Könntest du doch dein erstarrtes Gesicht an meine Schultern lehnen! So antworte mir doch! Sieh mich an!

LUCIE: Rühr mich nicht an.

JEAN: Du kannst machen, was du willst: wir sind aneinandergeschmiedet. Alles, was sie dir angetan haben, haben sie uns beiden getan. Dieses Leid, das dich verlassen hat, ich fühle es in mir – es erwartet dich; wenn du in meine Arme kommst, wird es unser beider Leid sein. Meine Liebe, habe Vertrauen zu mir, und wir werden alles miteinander ertragen, selbst deinen Tod. Wenn du nur eine Träne wiederfinden könntest ...

LUCIE: Eine Träne? Ich wünsche mir nur, daß sie mich wieder holen und mich schlagen, und daß mein Schweigen ihrer spottet und ihnen angst macht. Alles ist schal hier: das Warten, deine Liebe, das Gewicht dieses Kopfes auf meinen Knien. Ich möchte, daß der Schmerz mich auffrißt, ich möchte in Flammen gehüllt sein, ich möchte schweigen und ihre lauernden Blicke sehen.

JEAN *verstört*: Du bist nur mehr eine Wüste von Stolz.

LUCIE: Bin ich daran schuld? Sie haben mich in meinem Stolz geschlagen. Ich hasse sie, aber sie halten mich fest. Aber auch ich halte sie. Ich fühle mich ihnen näher als dir. *Sie lacht.* Wir, denn du willst, daß ich wir sage. Hast du die Handgelenke gebrochen wie Henry? Hast du Wunden auf den Beinen wie Canoris? Es ist nur eine Komödie, denn du hast nichts gefühlt, du stellst dir nur alles vor.

JEAN: Zerbrochene Handgelenke ... wenn ihr das verlangt, damit ich zu euch gehöre, das könnt ihr haben. *Er sucht umher, bemerkt einen kleinen Holzklotz, den er nimmt.*

LUCIE *lacht*: Was machst du?

JEAN *legt seine linke Hand auf ein Brett und schlägt mit dem Holz auf sein linkes Handgelenk*: Ich hab es satt, zu hören, wie ihr euch eurer Schmerzen rühmt, als ob es Verdienste wären. Ich will eure gequälten Augen nicht mehr sehen. Was sie euch taten, kann ich mir selber antun, das ist nicht so schwer.

LUCIE *lacht laut*: Mißlungen, es ist mißlungen; du kannst dir die Knochen zerbrechen, die Augen ausstechen, aber du selbst bestimmst deine Leiden. Wir wurden vergewaltigt, weil andere uns quälten. Du kannst uns nicht einholen.

Pause. Jean wirft das Holz weg, sieht Lucie an und erhebt sich.

JEAN: Du hast recht, ich kann euch nicht erreichen – ihr gehört zusammen, und ich bin allein. Ich rühre mich nicht mehr und werde kein Wort mit euch reden, ihr sollt vergessen, daß ich existiere. Ich glaube, daß dies meine Rolle in dieser Tragödie ist und daß ich sie annehmen muß, wie ihr die eurige. *Pause.* Vorhin ist mir eine Idee gekommen; Pierre wurde bei der Grotte von Servaz getötet, wo wir Waffen versteckt haben. Wenn sie mich hier freilassen, werde ich seine Leiche in die Grotte schleppen und ihm Papiere in die Tasche stecken. Rechnet vier Stunden nach meinem Weggehen, und wenn sie euch wieder verhören, verratet ihnen dieses Versteck. Sie werden Pierre finden und glauben, daß ich es bin. Dann werden sie keinen Grund mehr haben, euch zu quälen, und mit euch rasch zu einem Ende kommen. Das ist alles. Adieu. *Er geht in den Hintergrund. Langes Schweigen. Dann Schritte im Vorraum. Ein Milizsoldat kommt mit einer Laterne, mit der er den Raum beleuchtet.*

MILIZ *beleuchtet François*: Was hat er?

LUCIE: Er schläft.

MILIZ *zu Jean*: Komm, es gibt was Neues für dich.

Jean zögert, sieht alle Anwesenden mit hoffnungslosen Blicken an und folgt dem Milizsoldaten.

3. SZENE

Canoris – Henry – Lucie

LUCIE: Ich glaube, er ist aus der Geschichte raus, nicht?

CANORIS: Ich glaube.

LUCIE: Sehr gut. Eine Sorge weniger. Er wird zu seinesgleichen gehen, und alles wird in Ordnung sein. Kommt zu mir. *Henry und Canoris nähern sich ihr.* Näher. Jetzt sind wir unter uns, was hält euch zurück? *Sie sieht ihn an und versteht. Pause.* Er mußte sterben. Ihr wißt, daß er sterben mußte. Die da unten haben ihn getötet, durch unsere Hände. Kommt, ich bin seine Schwester, und ich sage euch, daß ihr nicht schuldig seid. Haltet eure Hände über ihn! – Seit er tot ist, gehört er zu uns. Seht ihn an, wie hart sein Gesicht aussieht. Sein Mund verschließt ein Geheimnis. Berührt ihn.

HENRY *streichelt ihm das Haar*: Mein Kleiner! Mein armer kleiner Junge!

LUCIE: Sie haben dich zum Schreien gebracht, Henry, ich habe dich gehört – du schämst dich gewiß.

HENRY: Ja.

LUCIE: Ich fühle deine Schande. Sie wärmt mich, denn es ist auch meine Schande. Ich sagte Jean, ich sei allein, aber ich log. Mit euch fühle ich mich nicht allein. *Zu Canoris:* Du hast nicht geschrien, du, das ist schade.

CANORIS: Ich schäme mich auch.

LUCIE: So! Weshalb?

CANORIS: Als Henry schrie, schämte ich mich.

LUCIE: Das tut gut. Preßt euch an mich. Ich fühle eure Arme und eure Schultern; der Kleine liegt schwer auf meinen Knien – das tut gut. Morgen werde ich schweigen. Ah! Wie ich schweigen werde! Für ihn, für mich, für Sorbier, für euch. Wir bilden ein Ganzes.

Vorhang

VIERTER AKT

Vor Aufgehen des Vorhangs hört man Gesang einer lauten und ordinären Stimme, die einen Gassenhauer singt: «Si tous les cocus avaient des clochettes.» – Die Szene stellt das Bühnenbild des zweiten Aktes dar. Es ist am andern Morgen, Pellerin trinkt, sitzend auf einer Bank, er scheint sehr abgespannt zu sein. Auf dem Katheder trinkt Landrieu, schon ziemlich berauscht. Clochet steht am Fenster, er gähnt von Zeit zu Zeit. Landrieu platzt vor Lachen.

1. SZENE

Pellerin – Landrieu – Clochet – Corbier

PELLERIN: Warum lachst du?
LANDRIEU *hält seine Hand ans Ohr, um besser zu hören*: Was?
PELLERIN: Ich frage, warum du lachst?
LANDRIEU *zeigt auf den «Pick-up», lachend*: Deswegen.
PELLERIN: Eh?
LANDRIEU: Ich finde die Idee so komisch.
PELLERIN: Was für eine Idee?
LANDRIEU: Den Hahnreien Glöckchen anhängen.
PELLERIN: Scheiße. Ich höre nichts. *Er geht zum Apparat.*
LANDRIEU *schreiend*: Nicht abstellen! *Pellerin stellt ab. Stille.* Siehst du? Siehst du?
PELLERIN *betroffen*: Was soll ich sehen?
LANDRIEU: Die Kälte.
PELLERIN: Dir ist kalt, jetzt im Juli?
LANDRIEU: Ich sage dir, es ist kalt. Du verstehst auch gar nichts.
PELLERIN: Was hast du gesagt?
LANDRIEU: Was?
PELLERIN: Wegen der Hahnreie.
LANDRIEU: Wer spricht hier von Hahnreien? Du bist selber einer. *Pause.* Hören wir lieber die Nachrichten. *Er steht auf und geht zum Radio.*
CLOCHET: Es gibt keine Nachrichten.
LANDRIEU: Es gibt keine Nachrichten?
CLOCHET: Nicht um diese Zeit.
LANDRIEU: Das wollen wir erst sehen. *Er dreht die Knöpfe. Singen – Musik – Störungsgeräusche usw.*
PELLERIN: Du zerreißt einem das Trommelfell.
LANDRIEU *zum Apparat sprechend*: Dreckige Bande. *Pause.* Ach Scheiße, ich höre mir London an – welche Wellenlänge?

PELLERIN: 21 Meter. *Landrieu versucht einzustellen, man hört Nachrichten in tschechischer Sprache – Landrieu lacht.*

LANDRIEU *lachend*: Das ist tschechisch. In London spricht man jetzt tschechisch. Die Welt ist groß. *Er schüttelt den Apparat.* Kannst du nicht französisch sprechen? *Er stellt ab.* Gib mir zu trinken. *Pellerin schenkt ihm ein Glas Wein ein. Landrieu geht zu ihm und trinkt.* Was treiben wir eigentlich hier?

PELLERIN: Hier oder anderswo ...

LANDRIEU: Ich möchte da unten sein, wo sie landen wollen.

PELLERIN: Hm ...

LANDRIEU: Sicher ... Ich möchte dabeisein. *Er nimmt ihn bei seiner Uniform:* Willst du vielleicht sagen, daß ich Angst habe?

PELLERIN: Ich habe nichts gesagt.

LANDRIEU: Was ist der Tod? Ha ... Was ist das! – Jeder kommt dran – morgen, übermorgen oder in drei Monaten.

CLOCHET *aufgeregt*: Das ist nicht wahr. – Alles Lüge. – Die Engländer werden ins Meer zurückgeworfen.

LANDRIEU: Ins Meer? – Du wirst sie auf deinem Arsch spüren, die Engländer. Hier in unserem Dorf. Und es wird wie verrückt krachen – Bum – Bum – Bum. Krach Tschim, Bum Bum auf die Kirche, Peng auf das Rathaus. Was wirst du anfangen, Clochet? Du wirst im Keller hocken, ha, ha, im Keller, da wird's was zum Lachen geben. *Zu Pellerin:* Und wenn man einmal krepiert ist, weißt du, so richtig krepiert ist ... Jetzt habe ich den Faden verloren. Schau die kleinen Spitzbuben da oben, man wird sie zerschmettern – na, schau, mich läßt das alles kalt. Jeder kommt an die Reihe. *Er trinkt.* Wir sind Tiere. *Zu Clochet:* Warum gähnst du?

CLOCHET: Ich langweile mich.

LANDRIEU: Trink doch! Schau mich an, ich langweile mich nicht. Du willst uns bespitzeln, du denkst an deinen Rapport. *Er schenkt ein Glas ein und hält es ihm hin.*

CLOCHET: Ich kann nicht – meine Leber ...

LANDRIEU: Trink oder ich schmeiß dir's in die Fresse. *Pause. Clochet nimmt zögernd das Glas und trinkt.* Ha, ha, Tiere, alle sind wir Tiere, und das ist gut so. *Man hört Schritte – jemand geht auf dem Speicher auf und ab. Alle sehen an die Decke und lauschen schweigend. Landrieu dreht sich plötzlich um, läuft zur Tür, öffnet sie und ruft:* Corbier ... Corbier ... *Ein Milizmann erscheint.* Bring sie zum Schweigen – hau fest hinein. *Der Milizmann geht ab. Landrieu schließt die Tür und kommt zu den andern. Alle horchen, die Blicke zur Decke gerichtet. Schweigen.* Die Komödie mit diesem Gesindel geht weiter.

PELLERIN: Braucht ihr mich beim Verhör?

LANDRIEU: Wie?

PELLERIN: Ich glaube, ihr Chef hat sich im Wald versteckt. Ich könnte mit zwanzig Mann eine Streife machen.

LANDRIEU *sieht ihn an*: So? *Pause. Man hört wieder oben Tritte.* Du bleibst hier.

PELLERIN: Mir auch recht. *Er zuckt mit den Achseln.* Wir verlieren nur Zeit.

LANDRIEU: Möglich – aber wir verlieren sie miteinander. *Er sieht an die Decke und setzt sein Gespräch in dieser Stellung fort, bis der Lärm oben aufhört.*

CLOCHET: Es ist Zeit, den Jungen zu verhören.

LANDRIEU: Der Junge interessiert mich nicht, die Männer müssen reden.

PELLERIN: Sie werden nicht reden.

LANDRIEU: Ich sag dir, sie werden reden. Sie sind Tiere, man muß nur wissen, wie man sie anfaßt. Gestern waren wir zu zart mit ihnen. *Man hört oben Lärm, dann Schweigen. Landrieu ist zufrieden.* Was sagst du jetzt. Man hat sie beruhigt. Es geht nichts über straffe Disziplin. *Alle sehen zufrieden aus.*

CLOCHET: Du solltest doch mit dem Kleinen beginnen.

LANDRIEU: Einverstanden. *Er geht zur Tür.* Corbier ... *Keine Antwort.* Corbier ... *Man hört eilende Schritte draußen. Corbier erscheint.* Hol den Jungen.

CORBIER: Den Jungen ... *Macht eine bezeichnende Geste.* Sie haben ihn erledigt.

LANDRIEU: Was?

CORBIER: Sie haben ihn in der Nacht erwürgt. Er lag mit dem Kopf auf den Knien seiner Schwester. Sie sagte, daß er schläft. Aber er war schon kalt und an seinem Hals waren Spuren.

LANDRIEU: Ha! *Pause.* Wer ist auf und ab gegangen?

CORBIER: Der Grieche.

LANDRIEU: Du kannst gehen. *Corbier ab. Schweigen. Clochet sieht unbewußt zur Decke.*

PELLERIN *losbrechend*: Zwölf Kugeln – sofort, damit man sie nicht mehr sieht.

LANDRIEU: Schweig ... *Er geht zum Apparat und dreht auf. Langsamer Walzer. Dann geht er zum Katheder, schenkt sich ein und trinkt, dabei erblickt er das Bild Pétains.* Du siehst das alles. Du siehst das alles mit an und wäschst deine Hände in Unschuld. Du opferst dich; du schenkst dich Frankreich. Aber um Kleinigkeiten kümmerst du dich nicht. Du bist in die Geschichte eingegangen, und wir, wir sitzen in der Scheiße. Sauerei ... *Er schüttet ihm den Wein ins Gesicht.*

Clochet: Landrieu...

Landrieu: Setz das in deinen Rapport. *Pause. Er beruhigt sich nur schwer und geht zu Pellerin.* Zwölf Kugeln, das wär zu schön für sie – das wünschen sie sich doch.

Pellerin: Um so besser, wenn sie es sich wünschen. Hauptsache, daß man mit ihnen Schluß macht.

Landrieu: Ich will nicht, das sie verrecken, ohne gesprochen zu haben.

Pellerin: Sie haben uns nichts mehr zu sagen. Seitdem sie hier sind, haben wir 24 Stunden verloren, die ihr Chef sicher gut ausgenutzt hat.

Landrieu: Ich scheiß auf den Chef. Ich will, daß sie reden.

Pellerin: Und wenn sie nicht reden?

Landrieu: Zerbrich dir nicht den Kopf.

Pellerin: Ich wiederhole: und wenn sie nicht reden?

Landrieu *schreiend*: Und ich wiederhole: zerbrich dir nicht den Kopf. *Pause.*

Pellerin: So laß sie doch endlich holen.

Landrieu: Natürlich werde ich sie holen lassen. *Er rührt sich nicht – Clochet lacht.*

Cochet: Und wenn es Märtyrer wären, hm?

Landrieu *geht rasch zur Tür*: Corbier, bring sie her.

Corbier *erscheint*: Alle drei?

Landrieu: Ja – alle drei. *Corbier ab.*

Pellerin: Das Mädel hättest du noch oben lassen können. *Lärm über ihren Köpfen.*

Landrieu: Sie kommen herunter. *Er geht zum Radioapparat und dreht ihn ab.* Wenn sie ihren Chef liefern, lassen wir sie leben.

Clochet: Landrieu, du bist verrückt!

Landrieu: Halt's Maul.

Clochet: Sie verdienen zehnfach den Tod.

Landrieu: Was sie verdienen, ist mir egal. Ich will, daß sie nachgeben. Ich will keine Märtyrer.

Pellerin: Ich... Hör, es wäre mir unerträglich, mir vorzustellen, daß sie am Leben bleiben, daß sie uns vielleicht überleben und daß sie ihr ganzes Leben die Erinnerung an uns mit sich herumtragen.

Landrieu: Reg dich nicht auf. Wenn sie reden, um ihre Haut zu retten, werden sie sich hüten, solche Erinnerungen zu bewahren. Sie kommen.

Pellerin steht brüsk auf und versteckt Flasche und Gläser unter dem Katheder. Alle drei stehen unbeweglich in Erwartung.

2. SZENE

Vorige – Lucie – Henry – Conoris – 3 Milizen

Sie betrachten sich schweigend.

LANDRIEU: Was habt ihr mit dem Kleinen gemacht?
Keine Antwort.

PELLERIN: Mörder!

LANDRIEU: Schweig. *Zu den andern:* Er wollte sprechen, nicht wahr, und ihr habt ihm das Maul gestopft.

LUCIE *in Erregung*: Das ist nicht wahr. Er wollte nicht sprechen. Niemand wollte sprechen.

LANDRIEU: Na also.

HENRY: Er war zu jung – wir wollten ihm seine Leiden verkürzen.

LANDRIEU: Wer hat ihn erwürgt?

CANORIS: Alle. Wir sind alle verantwortlich.

LANDRIEU: Hm. *Pause.* Wenn ihr uns die Auskünfte gebt, die wir verlangen, lassen wir euch leben.

CLOCHET: Landrieu!

LANDRIEU: Ihr sollt schweigen, wie oft soll ich es noch sagen. *Zu den andern:* Nehmt ihr an? *Pause.* Ja oder nein?
Sie schweigen.

LANDRIEU *aus der Fassung gebracht*: Ihr weigert euch. Ihr wollt drei Leben für eines geben. Blödsinn! *Pause.* Das Leben biete ich euch an! Das Leben! Das Leben! Seid ihr taub?

LUCIE: Gewonnen! Wir haben gewonnen. Dieser Augenblick entschädigt uns für unsere Leiden. Alles, was ich diese Nacht vergessen wollte, jetzt bin ich stolz, mich daran zu erinnern. Sie haben mir das Kleid vom Leibe gerissen. *Zeigt auf Clochet.* Der da lähmte meine Beine. *Zeigt auf Landrieu.* Und der hielt mich bei den Armen. *Zeigt auf Pellerin.* Und der hat mich mit Gewalt genommen... Jetzt kann ich es sagen, ja, laut hinausschreien; ihr habt mich vergewaltigt, und ihr schämt euch – ich bin reingewaschen. Wo habt ihr eure Daumenschrauben und Zangen? Wo sind eure Peitschen? Heute morgen bettelt ihr, wir sollen doch am Leben bleiben. Wir sagen nein. Nein! Ihr müßt euer Geschäft zu Ende führen.

PELLERIN: Genug, genug, haut sie in Stücke.

LANDRIEU: Halt! Pellerin, ich werde nicht mehr lange euer Chef sein. Aber solange ich kommandiere, gibt es keine Diskussionen. Führt sie ab.

CLOCHET: Sollten wir sie nicht doch ein wenig bearbeiten? Was sie sagen, ist doch nur leeres Geschwätz. Worte, nichts als Worte. *Er zeigt auf Henry.* Der da war gestern zuerst ganz großkotzig und nachher hat er geschrien wie ein Weib.

HENRY: Ihr werdet ja sehen, ob ihr mich heute zum Schreien bringt.

LANDRIEU: Bearbeite ihn, wenn du dazu Lust hast.

CLOCHET: Wenn's auf mich ankommt, selbst wenn's Märtyrer wären, würde mich das nicht stören. Ich liebe die Arbeit um ihrer selbst willen. *Zu den Milizen:* Legt sie auf die Tische.

CANORIS: Einen Augenblick. Wenn wir annehmen, wer bürgt uns, daß ihr uns das Leben schenkt?

LANDRIEU: Ihr habt mein Wort.

CANORIS: Na ja... Wir müssen uns eben damit begnügen. Kopf oder Adler – was wollt ihr mit uns anfangen?

LANDRIEU: Ich werde euch den Deutschen übergeben.

CANORIS: Die uns sicher füsilieren werden.

LANDRIEU: Nein, ich werde ihnen euren Fall erklären.

CANORIS: Gut. *Pause.* Ich bin bereit zu sprechen, wenn meine Kameraden es gestatten.

HENRY: Canoris!

CANORIS: Kann ich mit ihnen allein bleiben? Ich glaube, daß ich sie überzeugen werde.

LANDRIEU *ihn fixierend*: Warum willst du sprechen, hast du Angst zu sterben? *Langes Schweigen, dann senkt Canoris den Kopf.*

CANORIS: Ja...

LUCIE: Feigling!

LANDRIEU: Gut. *Zu den Milizen:* Du stellst dich vor das Fenster – und du bewachst die Tür. *Zu den übrigen:* Kommt. – Du hast eine Viertelstunde, um sie zu überreden.

Landrieu, Pellerin und Clochet gehen durch die Tür im Hintergrund ab.

3. SZENE

Canoris – Lucie – Henry

Während des ersten Teils der Szene bleibt Lucie schweigsam, ohne sich für die Unterhaltung zu interessieren.

CANORIS: Die Sonne geht unter, es wird regnen. Seid ihr verrückt geworden? Ihr betrachtet mich, als ob ich ein Verräter sei, ich will sie nur in die Grotte von Servaz schicken, wie es uns Jean geraten hat. *Pause. Er lächelt.* Sie haben uns ein bißchen ramponiert, aber wir sind doch noch ganz gut zu gebrauchen. *Pause.* Hört, wir müssen sprechen. Wir dürfen drei Menschenleben nicht unnütz vergeuden. *Pause. Sanft:* Warum wollt ihr sterben? Wem nützt das? So antwortet: wem nützt das?

HENRY: Niemand.

CANORIS: Also.

HENRY: Ich bin müde.

CANORIS: Ich bin es noch mehr. Ich bin 15 Jahre älter als du, und sie haben mich härter angepackt. Das Leben, das sie mir schenken, ist nicht sehr begehrenswert.

HENRY *sanft*: Hast du so Angst vor dem Tod?

CANORIS: Ich habe keine Angst. Ich habe sie vorhin belogen, und ich habe keine Angst. Aber wir dürfen nicht umsonst sterben.

HENRY: Ah! Warum nicht? Warum nicht? Sie haben mir die Handgelenke gebrochen, sie haben mir die Haut in Fetzen gerissen. Habe ich nicht bezahlt? Wir haben gewonnen. Warum verlangst du, daß ich noch einmal zu leben anfange, wenn ich im Einklang mit mir selbst sterben kann?

CANORIS: Es gibt Kameraden, denen wir helfen müssen.

HENRY: Wer? und wo?

CANORIS: Überall.

HENRY: Wenn sie uns leben lassen, schicken sie uns in die Salzbergwerke.

CANORIS: Aus denen man entfliehen kann.

HENRY: Was? Du willst fliehen? Du bist ja nur noch ein Wrack.

CANORIS: Du oder ich, das ist das gleiche.

HENRY: Einer unter Tausenden kommt durch.

CANORIS: Es ist das Risiko wert. Und selbst wenn man nicht herauskommt. In den Minen gibt es Alte und Kranke, und Frauen, die es nicht aushalten. Sie brauchen uns.

HENRY: Hör mich an. Als ich den Kleinen am Boden sah, ganz bleich, da dachte ich: ich habe getan, was ich tun mußte, und ich bedaure nichts. Aber nur unter der Voraussetzung, daß auch ich in der Morgendämmerung sterben werde. Wenn ich nicht überzeugt gewesen wäre, auf den gleichen Misthaufen... *Schreiend:* Ich will ihn nicht überleben. Ich will nicht dreißig Jahre oder mehr mit diesem Mord herumlaufen! Canoris – es wird ganz leicht sein, wir werden nicht einmal Zeit haben, die Mündungen ihrer Gewehre anzusehen.

CANORIS: Wir dürfen nicht umsonst sterben.

HENRY: Hat es einen Sinn zu leben, wenn es Menschen gibt, die schlagen, bis die Knochen im Leib zerbrechen? Alles ist schwarz. *Schaut zum Fenster.* Du hast recht, es wird regnen.

CANORIS: Der Himmel ist ganz bedeckt. Es gibt einen tüchtigen Guß.

HENRY *plötzlich*: Doch, aus Hochmut.

CANORIS: Was?

HENRY: Der Kleine. Ich glaube, ich habe ihn aus Hochmut getötet.

CANORIS: Was macht das? Er mußte sterben.

HENRY: Ich werde mit diesem Zweifel ein Jammerdasein führen. Jede Minute meines Lebens werde ich mich selber verhören. *Pause.* Ich kann nicht. Ich kann nicht leben.

CANORIS: Was für Geschichten! Du wirst mit den andern genug zu tun haben, da wirst du vergessen... Du beschäftigst dich zuviel mit dir, Henry. Das Leben retten... Bah, arbeiten muß man, dann rettet man sich noch obendrein. *Pause.* Hör, Henry: wenn du heute stirbst, wird man den Schluß ziehen, daß du ihn aus Hochmut getötet hast. Das bleibt für immer bestehen. Wenn du weiterlebst...

HENRY: Dann?

CANORIS: Dann bleibt alles offen: nach deinem gesamten Leben wird man deine Taten beurteilen. *Pause.* Wenn du dich töten läßt, obgleich du noch etwas leisten kannst, wird nichts sinnloser sein als dein Tod. *Pause.* Soll ich sie rufen?

HENRY *auf Lucie zeigend*: Sie soll entscheiden.

CANORIS: Hörst du, Lucie?

LUCIE: Entscheiden, was? Ah so... Es ist alles entschieden: sage ihnen, daß wir nicht sprechen werden und daß sie rasch machen sollen.

CANORIS: Und die Kameraden, Lucie?

LUCIE: Ich habe keine Kameraden mehr. *Sie geht zum Milz. oldaten.* Geht sie holen. Wir werden nicht sprechen.

CANORIS *ist ihr zum Milizsoldaten gefolgt*: Es bleiben uns noch fünf Minuten. Wartet. *Er führt sie wieder nach vorn.*

LUCIE: Fünf Minuten, gut. Und was hoffst du? Mich in fünf Minuten zu überzeugen?

CANORIS: Ja.

LUCIE: Du reines Herz! Du kannst gut weiterleben, du hast ein ruhiges Gewissen, sie haben dich ein bißchen herumgestoßen, das ist alles. Mich haben sie beschmutzt, kein Fleckchen meiner Haut, das mir nicht Abscheu einflößt. *Zu Henry:* Und du machst Geschichten, weil du ein Kind erwürgt hast; erinnerst du dich, daß dieser Junge mein Bruder war und ich nichts gesagt habe. Ich habe das Entsetzliche auf mich geladen. Ich muß verschwinden und mit mir all das Häßliche... Geht, lebt, da ihr euch genügt – aber ich hasse mich und wünsche, daß nach meinem Tode alles so sei, als hätte ich nie existiert.

HENRY *zu Lucie*: Ich werde dich nicht verlassen, Lucie, und handeln, wie du entscheidest. *Pause.*

CANORIS: Also muß ich euch gegen euren Willen retten.

LUCIE: Du wirst sprechen?

CANORIS: Es muß sein.

LUCIE *heftig*: Ich sage ihnen, daß du lügst und daß alles erfunden ist. *Pause.* Wenn ich gewußt hätte, daß du schwach werden würdest, glaubst du, ich hätte meinen Bruder von euch anrühren lassen?

CANORIS: Dein Bruder wollte unseren Chef ausliefern. Ich will sie auf eine falsche Fährte hetzen.

LUCIE: Das ist dasselbe. Es wird derselbe Triumph in ihren Augen sein.

CANORIS: Lucie! Du hast François also doch aus Hochmut sterben lassen?

LUCIE: Du verlierst deine Zeit. Mir wirst du keine Gewissensbisse einflößen.

MILIZSOLDAT: Noch zwei Minuten.

CANORIS: Henry!

HENRY: Ich werde handeln, wie sie entscheidet.

CANORIS *zu Lucie*: Warum kümmerst du dich um diese Menschen. In sechs Monaten werden sie sie in einem Keller vergraben und die erste Handgranate, die man auf sie schleudert, setzt den Schlußpunkt unter diese Geschichte. Nur das andere zählt: die Welt und was du in der Welt leistest, die Kameraden und was du für sie tust.

LUCIE: Ich bin leer, ich fühle mich einsam, ich kann nur an mich denken.

CANORIS *sanft*: Bindet dich wirklich nichts an die Erde?

LUCIE: Nichts. Alles ist vergiftet.

CANORIS: Dann ... *Macht eine resignierte Bewegung, geht auf die Milizsoldaten zu. Der Regen beginnt, bald stärker werdend.*

LUCIE *plötzlich*: Was ist das? *Langsam und leise:* Regen. *Sie geht zum Fenster.* Seit drei Monaten habe ich nicht mehr das Geräusch des Regens gehört. *Pause.* Mein Gott, während dieser ganzen Zeit war schönes Wetter. Es ist schrecklich. Ich glaubte, ich müsse immer in strahlender Sonne leben. *Pause.* Es regnet stark, es wird nach feuchter Erde riechen. *Ihre Lippen fangen an zu zittern.* Ich will nicht ... ich will nicht ...

HENRY *und* CANORIS *gehen zu ihr.*

HENRY: Lucie!

LUCIE: Ich will nicht weinen. Wenn ich es täte, würde ich zum Tier herabsinken.

HENRY *nimmt sie in seine Arme.*

LUCIE: Laßt mich! *Schreiend:* Ich liebte das Leben, ich liebte das Leben! *Sie schluchzt auf Henrys Schulter.*

MILIZSOLDAT *kommt vor*: Also? Es ist Zeit.

CANORIS *nachdem er Lucie einen Blick zugeworfen hat*: Sag deinem Chef, daß wir bereit sind, alles zu sagen.
Milizsoldat ab. Pause.

LUCIE *sich fassend*: Ist es wahr? Wir werden leben. Ich war schon auf der anderen Seite... Seht mich an, lächelt mir zu. So lange habe ich kein Lächeln gesehen... Handeln wir richtig, Canoris? Handeln wir richtig?

CANORIS: Wir handeln richtig. Wir müssen leben.

4. SZENE

Vorige – Landrieu – Pellerin – Clochet

LANDRIEU: Nun?

CANORIS: Auf der Straße nach Grenoble – beim Kilometerstein 42, ist rechts ein kleiner Weg. Fünfzig Meter weiter im Wald ist, durch ein Gebüsch verdeckt, eine Höhle. Dort ist der Chef versteckt, mit den Waffen.

LANDRIEU *zu den Milizen*: Zehn Mann sofort dorthin. Versucht ihn lebendig herzubringen. *Pause.* Führt die Gefangenen wieder hinauf. *Die Milizen führen die Gefangenen ab. Clochet zögert einen Augenblick, dann schleicht er ihnen nach.*

5. SZENE

Landrieu – Pellerin, dann Clochet

PELLERIN: Glaubst du, daß er die Wahrheit gesagt hat?

LANDRIEU: Natürlich. Das sind Tiere. *Er setzt sich.* Na, jetzt haben wir sie endlich. Hast du ihren Abgang gesehen? – Sie waren weniger stolz als beim Hereinkommen. *Clochet tritt wieder ins Zimmer – Landrieu fährt liebenswürdig fort:* Also, Clochet, haben wir sie endlich?

CLOCHET *reibt sich zerstreut die Hände*: Ja, ja; wir haben sie.

PELLERIN *zu Landrieu*: Du läßt sie am Leben.

LANDRIEU: Unbedingt, jetzt da sie... *Salve unter dem Fenster.* Was ist das? *Clochet lächelt verlegen.* Clochet, du hast doch nicht...?

CLOCHET *macht ein bejahendes Zeichen, indem er lacht*: Ich hab gedacht, es ist so menschlicher.

LANDRIEU: Schweinehund! –*Salve – er läuft zum Fenster.*

PELLERIN: Laß doch, aller guten Dinge sind drei.

LANDRIEU: Ich will nicht.

PELLERIN: Sauber würden wir vor dem Überlebenden dastehen.

CLOCHET: In einer Minute wird niemand mehr daran denken, nur wir allein.

Dritte Salve – Landrieu fällt auf seinen Sitz.

LANDRIEU: Ach...

Clochet geht zum Apparat und dreht auf – ein Gassenhauer ertönt.

Vorhang

Die ehrbare Dirne

Die Besetzung der Uraufführung
von «La Putain respectueuse» in Paris
im Théâtre Antoine am 8. November 1946

LIZZIE	Héléna Bossis
LE NÈGRE	Habib Benglia
FRED	Yves Vincent
JOHN	Roland Bailly
JAMES	Michel Jourdan
LE SÉNATEUR	Robert Moor
1er HOMME	Eugène Durand
2e HOMME	Maïk
3e HOMME	Claide Régy

Die Besetzung der deutschen Erstaufführung
von «Die ehrbare Dirne» in den Hamburger Kammerspielen
am 16. April 1949

LIZZIE	Hilde Krahl
FRED	Karl John
SENATOR	Helmut Peine
NEGER	Bruno Karl
JOHN	Heino Cohrs
JAMES	Peter Mionsen
2 MÄNNER	Willi Hochapfel
	Walter Giller

Bühnenbild: Helmut Koniarsky
Regie: Wolfgang Liebeneiner

Ort der Handlung: Ein möbliertes Zimmer irgendwo im Süden der Vereinigten Staaten.

ERSTES BILD

Ein Zimmer in einer Stadt im Süden der Vereinigten Staaten. Weiße Wände. Eine Chaiselongue. Rechts ein Fenster; links Tür ins Badezimmer. Im Hintergrund kleiner Vorraum, der zur Wohnungstür führt.

1. SZENE

Lizzie, dann der Neger

Bevor der Vorhang aufgeht, hört man von der Bühne her ein Gewitter. Lizzie ist allein, sie ist halb angezogen, sie ist mit dem Staubsauger beschäftigt. Man läutet, sie zögert, schaut zur Badezimmertür. Es läutet wieder. Sie stellt den Staubsauger ab und öffnet die Badezimmertür ein wenig.

LIZZIE *flüsternd*: Man läutet, zeige dich nicht. *Sie geht zur Tür und öffnet. Der Neger zeigt sich im Türrahmen. Es ist ein großer und dicker Neger mit weißen Haaren. Er steht steif da.* Was ist los? Sie haben sich sicherlich in der Adresse geirrt. *Nach einer Pause.* Was wollen Sie denn? So sprechen Sie doch.

NEGER *bittend*: Bitte sehr, Madame, bitte sehr.

LIZZIE: Was denn? *Sie schaut ihn genauer an.* Moment mal. Du warst in der Eisenbahn? Du hast ihnen entfliehen können? Wie hast du aber meine Adresse gefunden?

NEGER: Ich habe Sie gesucht, Madame, ich habe Sie gesucht, überall. *Er will näher treten.* Bitte sehr.

LIZZIE: Komm nicht herein. Ich habe jemanden da. Was willst du denn überhaupt?

NEGER: Bitte sehr.

LIZZIE: Aber was denn? Was? Willst du Geld haben?

NEGER: Nein, Madame. *Nach einer Pause.* Bitte sehr, sagen Sie ihm, daß ich nichts getan habe.

LIZZIE: Wem denn?

NEGER: Dem Richter. Sagen Sie es ihm, Madame. Bitte sehr, sagen Sie es ihm.

LIZZIE: Ich werde gar nichts sagen.

NEGER: Bitte sehr!

LIZZIE: Gar nichts! Ich habe gerade genug Unannehmlichkeiten in meinem Leben, ich will mir nicht noch die der andern aufbürden. Geh jetzt.

NEGER: Sie wissen, daß ich nichts getan habe. Was habe ich denn getan?

LIZZIE: Du hast nichts getan. Aber ich werde nicht zum Richter gehen. Die Richter und die Polizei, die können mir... jawohl... das können sie mir.

NEGER: Ich habe meine Frau und meine Kinder verlassen, ich bin die ganze Nacht herumgeirrt. Ich kann nicht mehr.

LIZZIE: Verlaß doch die Stadt.

NEGER: Sie lauern auf allen Bahnhöfen.

LIZZIE: Wer lauert denn?

NEGER: Die Weißen.

LIZZIE: Welche Weißen?

NEGER: Alle Weißen. Sind Sie heute morgen noch nicht ausgewesen?

LIZZIE: Nein.

NEGER: Es sind viele Leute auf den Straßen. Junge und alte: sie sprechen sich an, ohne sich zu kennen.

LIZZIE: ... und ... was soll denn das alles bedeuten?

NEGER: Das heißt, daß ich nur noch im Kreis herumirren kann, bis sie mich erwischen. Wenn Weiße, die sich nicht kennen, zusammenstehen und miteinander sprechen, dann muß immer ein Neger sterben. *Nach einer Pause.* Sagen Sie, daß ich nichts getan habe, Madame. Sagen Sie es dem Richter; sagen Sie es den Zeitungsleuten. Vielleicht drucken sie es dann. Sagen Sie es, Madame, sagen Sie es! Sagen Sie es!

LIZZIE: Schrei nicht so! Ich habe doch jemanden da! *Nach einer Pause.* Von wegen der Zeitung, rechne nicht damit. Es ist jetzt nicht der Moment, mich bemerkbar zu machen. *Pause.* Wenn sie mich zwingen, als Zeuge auszusagen, so werde ich die Wahrheit sagen, das verspreche ich dir.

NEGER: Sie werden ihnen sagen, daß ich nichts getan habe?

LIZZIE: Ich werde es ihnen sagen.

NEGER: Schwören Sie es mir, Madame?

LIZZIE: Ja, ja!

NEGER: Auf den lieben Gott, der uns sieht?

LIZZIE: Zum Teufel! Verschwinde jetzt. Ich verspreche es dir, das muß dir genügen. *Pause.* Verdufte jetzt! Mach, daß du endlich wegkommst!

NEGER *plötzlich*: Bitte sehr, verstecken Sie mich!

LIZZIE: Dich verstecken?

NEGER: Tun Sie's doch, Madame, tun Sie's doch!

LIZZIE: Dich verstecken! Ich? *Sie schlägt ihm die Tür vor der Nase zu.* Mach keine Geschichten. *Sie wendet sich zur Badezimmertür.* Du kannst rauskommen. *Fred kommt hemdärmelig heraus, noch ohne Kragen und Krawatte.*

Lizzie – Fred

FRED: Was war denn?
LIZZIE: Oh, nichts.
FRED: Ich glaubte, es wäre die Polizei.
LIZZIE: Die Polizei? Hast du etwas mit der Polizei zu tun?
FRED: Ich nicht. Ich glaubte, es wäre deinetwegen.
LIZZIE *beleidigt*: Da hört aber alles auf! Ich habe noch niemandem einen Cent gestohlen.
FRED: Und du hast noch nie mit der Polizei zu tun gehabt?
LIZZIE: Auf alle Fälle nicht wegen Diebstahl. *Sie nimmt wieder den Staubsauger in die Hand und fährt mit der Reinigung fort. Draußen Gewitter.*
FRED *den der Lärm nervös macht*: Oh!
LIZZIE *schreit, damit er es versteht*: Was ist denn los, mein Liebling?
FRED *ebenfalls schreiend*: Du machst mir das Trommelfell kaputt.
LIZZIE *wie oben*: Ich bin gleich fertig. *Pause.* Ich bin halt so!
FRED *schreiend*: Wie?
LIZZIE: Eben so. Am nächsten Morgen ist es stärker als ich: ich muß baden und staubsaugen. *Sie läßt den Staubsauger stehen.*
FRED *auf das Bett zeigend*: Da du gerade dabei bist. Deck es zu.
LIZZIE: Was?
FRED: Das Bett. Ich sage dir, du sollst es zudecken. Das riecht nach Sünde.
LIZZIE: Nach Sünde? Wo nimmst du denn das her? Bist du etwa ein Pastor?
FRED: Nein. Warum?
LIZZIE: Du sprichst wie die Bibel. *Sie blickt ihn an.* Nein, du bist kein Pastor; du bist zu gepflegt. Zeig mal deine Ringe. *Bewundernd* Oh, du ... sag mal ... bist du reich?
FRED: Ja.
LIZZIE: Sehr reich?
FRED: Sehr!
LIZZIE: Um so besser. *Sie legt ihm die Arme um den Nacken und streckt ihm die Lippen entgegen.* Ich finde es für einen Mann viel besser, wenn er reich ist, das macht ihn vertrauenswürdig. *Er zögert noch mit dem Kuß, dann wendet er sich plötzlich ab.*
FRED: Deck das Bett zu.
LIZZIE: Gut, gut, schon gut! Ich werde es zudecken. *Sie deckt es zu und lacht vor sich hin.* «Das riecht nach Sünde!» So was hätte ich nie gefunden. Aber du, es ist ja d e i n e Sünde, mein Liebling.

Bewegung von Fred. Ja, ja, natürlich ist es auch meine Sünde. Aber ich habe deren viele auf dem Gewissen ... *Sie setzt sich auf das Bett und zieht Fred zu sich.* Komm. Komm, setz dich mit auf unsere Sünde. Es war doch eine schöne Sünde, nicht? Eine reizende Sünde. *Sie lacht.* Schlag doch die Augen nicht nieder. Hast du Angst vor mir? *Fred preßt sie plötzlich brutal an sich.* Du tust mir weh! Du tust mir weh! *Er läßt sie los.* Komischer Kerl! Du blickst nicht gerade freundlich in die Welt. *Pause.* Sag mir deinen Vornamen. Willst du nicht? Weiß du, es stört mich, wenn ich nicht weiß, wie du heißt. Das passiert mir zum erstenmal. Den Familiennamen, den sagen sie alle sehr selten, und ich verstehe das. Aber den Vornamen! Wie soll ich euch denn alle auseinanderhalten, wenn ich eure Vornamen nicht weiß? Sag ihn mir, sag ihn mir doch, Liebling.

FRED: Nein.

LIZZIE: Gut, dann wirst du eben der «Herr ohne Namen» sein. *Sie erhebt sich.* Warte. Ich will noch fertig aufräumen. *Sie stellt einige Sachen woanders hin.* Da. Da. So, jetzt ist alles in Ordnung. Die Stühle rund um den Tisch: das ist vornehmer. Kennst du niemand, der mit Stichen handelt? Ich möchte Bilder an die Wand hängen. Ich habe eines im Koffer, ein sehr schönes. «Der zerbrochene Krug» heißt es: man sieht ein junges Mädchen darauf, sie hat ihren Krug zerbrochen, die Arme. Es ist ein französisches Bild.

FRED: Was für ein Krug?

LIZZIE: Das weiß ich doch nicht: ihren Krug. Sie wird wohl einen Krug gehabt haben. Ich möchte eine alte Großmutter als Gegenstück. So eine, die strickt oder ihren Enkelkindern eine Geschichte erzählt. Ah! Ich werde die Vorhänge zurückziehen und das Fenster öffnen. *Sie streckt sich.* Ach! Ich fühle mich so, wie ich es gern habe: es ist schön, ich habe ein herrliches Bad genommen, ich habe eine wundervolle Liebesnacht hinter mir; mir ist so wohl, ich fühle mich so frisch! Komm doch mal her und sieh dir meine Aussicht an; komm! Ich habe eine schöne Aussicht. Nichts als Bäume, das wirkt vornehm. Findest du nicht auch, ich hatte doch richtiges Schwein: auf Anhieb fand ich dieses Zimmer in dem feinen Viertel. Du kommst nicht? Du liebst also deine Stadt nicht?

FRED: Ich liebe sie von meinem Fenster aus.

LIZZIE *plötzlich*: Das bringt doch hoffentlich kein Unglück, wenn man beim Aufwachen einen Neger sieht?

FRED: Warum?

LIZZIE: Ich ... meine nur – es geht gerade einer auf der andern Seite vorbei.

FRED: Es bringt immer Unglück, wenn man Neger sieht. Die Neger

– in denen steckt der Teufel. *Nach einer Pause.* Mach das Fenster zu.

LIZZIE: Willst du denn nicht, daß ich lüfte?

FRED: Ich sage dir, du sollst das Fenster schließen. Ja! Und zieh die Vorhänge zu. Mach wieder Licht an.

LIZZIE: Warum? Wegen der Neger?

FRED: Dummkopf.

LIZZIE: Die Sonne scheint so schön.

FRED: Ich will keine Sonne hier. Ich will, daß dein Zimmer so bleibt, wie es heute nacht war. Mach das Fenster zu, sage ich dir. Die Sonne, die werde ich schon draußen finden. *Er erhebt sich, geht auf sie zu und betrachtet sie.*

LIZZIE *leicht beunruhigt*: Was ist denn?

FRED: Nichts. Gib mir meine Krawatte.

LIZZIE: Sie ist im Badezimmer. *Sie geht hinein. Fred öffnet schnell die Schubladen des Tisches und durchsucht sie. Lizzie kommt mit der Krawatte zurück.* Da ist sie! Warte. *Sie macht ihm den Knoten.* Weißt du, ich mache nicht oft Straßenbekanntschaften, da muß man zu viele neue Gesichter sehen. Mein Ideal wäre, mit drei oder vier Männern in einem gewissen Alter ein festes Verhältnis zu haben, einen für Dienstag, einen für Donnerstag und einen fürs Wochenende. Ich sage dir das: du bist zwar noch ein wenig jung, aber du machst einen so seriösen Eindruck, wenn du Lust hättest... Gut, gut, ich sage nichts mehr. Du kannst es dir ja überlegen! So! So! Du bist so schön wie ein Stern. Küsse mich, mein Hübscher; küsse mich zum Dank. Du willst mich nicht küssen? *Er umarmt sie brutal und stößt sie dann plötzlich wieder von sich.* Oh!

FRED: Du bist der Teufel.

LIZZIE: Wie?

FRED: Du bist der Teufel.

LIZZIE: Schon wieder die Bibel! Was hast du denn auf einmal?

FRED: Nichts. Ich spaßte.

LIZZIE: Du hast eine komische Art zu spaßen. *Pause.* Bist du zufrieden?

FRED: Zufrieden, womit?

LIZZIE *indem sie ihn lachend imitiert*: Zufrieden, womit? Gott, bist du dumm, mein Kleiner.

FRED: Ah! Ach ja... sehr zufrieden. Sehr zufrieden. Wieviel willst du?

LIZZIE: Wer spricht denn davon? Ich frage dich, ob du zufrieden bist, du kannst mir doch auch auf eine nette Art antworten. Was ist denn los? Bist du wirklich nicht zufrieden? Oh! Das würde mich wundern, weißt du, das würde mich wirklich wundern.

FRED: Halt doch die Schnauze.

LIZZIE: Du hast mich ganz fest an dich gepreßt, ganz fest, und dann hast du mir ganz leise gesagt, daß du mich liebst.

FRED: Du warst betrunken.

LIZZIE: Nein, ich war nicht betrunken.

FRED: Doch, du warst betrunken.

LIZZIE: Aber ich sage dir doch nein.

FRED: Ich war es auf alle Fälle. Ich erinnere mich an nichts mehr.

LIZZIE: Das ist aber sehr schade. Ich habe mich im Badezimmer ausgezogen, und als ich zu dir zurückkam, da bist du ganz rot geworden, so rot, daß ich sagte: «Da bin ich, mein Krebs.» Erinnerst du dich nicht mehr, daß du das Licht löschen wolltest und mich im Dunkeln geliebt hast? Ich fand das sehr höflich und rücksichtsvoll von dir.

FRED: Nein.

LIZZIE: Und als wir beide «Die Neugeborenen in der gleichen Wiege» spielten? Erinnerst du dich daran?

FRED: Ich sag dir, halt doch deinen Mund. Was man nachts macht, das gehört der Nacht. Am Tag spricht man nicht darüber.

LIZZIE *herausfordernd*: Und wenn es mir Spaß macht, davon zu sprechen? Ich habe auf alle Fälle sehr darüber gelacht!

FRED: So! Du hast darüber gelacht! *Er geht auf sie zu, streichelt ihr sanft die Schultern, dann umschließt er mit seinen Händen ihren Hals.* Das macht euch lachen, was, wenn ihr einen Mann eingewikkelt habt, wie? *Pause.* Ich habe deine Nacht vergessen. Vollkommen vergessen. Ich sehe das Tanzlokal, das ist alles. An das übrige erinnerst nur du dich, nur du allein. *Er würgt sie am Hals.*

LIZZIE: Was machst du denn?

FRED: Ich würge dich am Hals.

LIZZIE: Du tust mir weh.

FRED: Du allein. Wenn ich noch ein ganz klein wenig mehr drücken würde, dann gäbe es niemand mehr auf der Welt, der sich dieser Nacht erinnert. *Er läßt sie los.* Wieviel willst du?

LIZZIE: Wenn du es schon vergessen hast, so ist das ein Zeichen, daß ich schlecht gearbeitet habe. Ich will nicht, daß du für schlecht geleistete Arbeit bezahlst.

FRED: Mach keine Geschichten: Wieviel?

LIZZIE: Hör: Ich bin seit vorgestern hier, du bist der erste, der mich besucht; dem ersten gebe ich mich gratis, das wird mir Glück bringen.

FRED: Ich brauche deine Geschenke nicht. *Er legt einen Zehndollarschein auf den Tisch.*

LIZZIE: Ich will dein Geld nicht, aber ... ich will sehen, wie hoch du mich taxierst. Warte, ich will raten! *Sie nimmt den Schein und macht die Augen zu.* Vierzig Dollar? Nein. Das ist zuviel, dann müßten es ja auch zwei Scheine sein. Zwanzig Dollar? Auch nicht? Dann sind es also mehr als vierzig Dollar. Fünfzig? Oder hundert? *Fred sieht sie die ganze Zeit über an, indem er still vor sich hinlächelt.* Mir egal, ich mache die Augen auf. *Sie schaut den Schein an.* Hast du dich nicht geirrt?

FRED: Ich glaube nicht.

LIZZIE: Weißt du, was du mir gegeben hast?

FRED: Ja.

LIZZIE: Nimm ihn zurück. Nimm ihn auf der Stelle zurück. *Er macht mit der Hand eine abwehrende Bewegung.* Zehn Dollar! Zehn Dollar! Mach dich nicht lächerlich, ein Mädchen wie mich für zehn Dollar! Hast du meine Beine gesehen? *Sie zeigt sie ihm.* Und meine Brüste, hast du sie gesehen? Sind das Brüste für zehn Dollar? Nimm deinen Schein zurück und verschwinde, bevor ich wütend werde. Zehn Dollar! Der Herr, der mich überall geküßt hat, der Herr, der immer wieder von vorn anfangen wollte, der Herr, der mich gebeten hat, ihm meine ganze Jugend zu erzählen. Und der Herr, der heute morgen seine schlechte Laune an mir ausläßt und ein Gesicht schneidet, als bezahlte er mich pro Monat. Und all das für wieviel? Nicht für vierzig, nicht für dreißig, nicht für zwanzig: für ganze zehn Dollar!

FRED: Für eine Schweinerei ist es genug.

LIZZIE: Du bist selbst ein Schwein! Woher kommst du, du Bauer? Deine Mutter muß eine schöne Schlampe gewesen sein, wenn sie dir nicht beigebracht hat, eine Frau zu respektieren.

FRED: Willst du wohl schweigen?

LIZZIE: Eine schöne Schlampe! Eine schöne Schlampe!

FRED *mit heller Stimme*: Einen Rat geb ich dir, meine Kleine: sprich mit den Burschen, die zu dir kommen, nicht zu oft über ihre Mütter, wenn du nicht erwürgt werden willst.

LIZZIE *auf ihn zugehend*: Erwürge mich doch! Erwürge mich doch! Das möchte ich sehen!

FRED *zurückweichend*: So sei schon still. *Lizzie nimmt eine Vase vom Tisch in der offenkundigen Absicht, sie auf seinem Kopf zu zerschlagen.* Da hast du noch zehn Dollar, aber sei endlich ruhig. Sei endlich still, oder ich lasse dich einsperren!

LIZZIE: Du, du willst mich einsperren lassen?

FRED: Ja.

LIZZIE: Du?

FRED: Ja, ich.

LIZZIE: Das sollte mich wundern.

FRED: Ich bin der Sohn von Clark.
LIZZIE: Von welchem Clark?
FRED: Von dem Senator.
LIZZIE: Wirklich? Und ich bin die Tochter von Roosevelt.
FRED: Hast du den Kopf von Clark nicht in der Zeitung gesehen?
LIZZIE: Ja ... Und?
FRED: Das ist er. *Er zeigt ihr ein Foto.* Ich stehe hier neben ihm, er hat seine Hand auf meiner Schulter.
LIZZIE *plötzlich beruhigt*: Du, sag mal! Der sieht aber sehr gut aus, dein Vater! Laß mich mal sehen. *Fred reißt ihr das Foto aus den Händen.*
FRED: Das genügt.
LIZZIE: Er sieht sehr gut aus, so gerecht, so ernst! Stimmt es, daß sein Wort wie Honig ist? *Er antwortet nicht.* Ist das euer Garten?
FRED: Ja.
LIZZIE: Er scheint sehr groß zu sein. Und die Kleinen auf den Sesseln, sind das deine Schwestern? *Er antwortet nicht.* Steht dein Haus auf dem Hügel?
FRED: Ja.
LIZZIE: Dann siehst du ja am Morgen, wenn du frühstückst, von deinem Fenster aus die ganze Stadt?
FRED: Ja.
LIZZIE: Läutet man bei euch zu den Mahlzeiten mit der Glocke, um euch zu rufen? Du kannst mir ruhig antworten.
FRED: Man schlägt auf einen Gong.
LIZZIE *ganz begeistert*: Auf einen Gong! Ich verstehe dich nicht. Wenn ich eine solche Familie und ein solches Haus hätte, dann müßte man mir noch etwas zugeben, damit ich auswärts schlafe. *Nach einer Pause.* Wegen deiner Mutter entschuldige ich mich: ich war wütend. Ist sie auch mit auf dem Foto?
FRED: Ich habe dir verboten, von ihr zu sprechen.
LIZZIE: Gut, gut. *Nach einer Pause.* Darf ich dich etwas fragen? *Er antwortet nicht.* Wenn diese Art Liebe dich anekelt, warum bist du dann zu mir gekommen? *Er antwortet nicht. Sie seufzt.* Da ich nun einmal da bin, werde ich versuchen, mich an eure Manieren zu gewöhnen. *Fred kämmt sich vor dem Spiegel. Nach einiger Zeit.*
FRED: Du kommst aus dem Norden?
LIZZIE: Ja.
FRED: Aus New York?
LIZZIE: Was interessiert dich das?
FRED: Du hast doch vorhin von New York gesprochen.
LIZZIE: Jeder kann doch von New York sprechen, das beweist doch nichts.

FRED: Warum bist du nicht dort geblieben?

LIZZIE: Weil ich es satt hatte.

FRED: Unannehmlichkeiten?

LIZZIE: Klar, ich ziehe sie an, es gibt solche Naturen. Siehst du diese Schlange? *Sie zeigt ihm ihr Armband.* Es bringt Unglück.

FRED: Warum trägst du es dann?

LIZZIE: Da ich es nun einmal habe, muß ich es auch tragen. Die Rache der Schlange soll schrecklich sein.

FRED: Du bist es, die der Neger vergewaltigen wollte?

LIZZIE: Was?

FRED: Du kamst doch vorgestern mit dem Sechs-Uhr-Schnellzug an?

LIZZIE: Ja.

FRED: Dann bist du es.

LIZZIE: Kein Mensch hat mich vergewaltigen wollen. *Sie lacht ein wenig bitter.* Mich vergewaltigen! Kannst du dir das vorstellen?

FRED: Du bist es, Webster hat es mir doch gestern im Tanzlokal gesagt.

LIZZIE: Webster? *Nach einer Pause.* Das ist es also!

FRED: Was?

LIZZIE: Deshalb leuchteten deine Augen so. Das regte dich auf, wie? Schmutzfink! Und ausgerechnet du hast einen so guten Vater.

FRED: Dumme Gans! *Nach einer Pause.* Wenn ich mir vorstelle, daß du mit einem Neger geschlafen hast...

LIZZIE: Na und?

FRED: Ich habe fünf farbige Dienstboten. Wenn man mich ans Telefon ruft und einer von ihnen hat den Hörer abgenommen, so wischt er den Hörer erst ab, bevor er ihn mir reicht.

LIZZIE *mit einem Pfeifen, das Bewunderung ausdrücken soll:* Ich verstehe.

FRED *sanft:* Wir lieben hier die Neger nicht so besonders. Auch nicht die Weißen, die sich mit ihnen amüsieren.

LIZZIE: Genug. Ich habe nichts gegen sie, aber ich möchte nicht, daß sie mich berühren.

FRED: Wer weiß... Du bist der Teufel. Im Neger steckt auch der Teufel. *Plötzlich.* Er hat dich also vergewaltigen wollen?

LIZZIE: Was kann dir das schon ausmachen?

FRED: Sie sind zu zweit in dein Abteil gestiegen. Nach einer Weile haben sie sich auf dich gestürzt. Du hast um Hilfe gerufen, und Weiße sind dazu gekommen. Einer der Neger hat sein Rasiermesser gezogen, und ein Weißer hat ihn mit einem Revolverschuß niedergestreckt. Der andere Neger hat sich davongemacht.

LIZZIE: Hat dir Webster das erzählt?

FRED: Ja.

LIZZIE: Und woher wußte er es?

FRED: Die ganze Stadt spricht davon.

LIZZIE: Die ganze Stadt? Da kann ich mir ja direkt was drauf einbilden. Habt ihr nichts anderes zu tun?

FRED: Ist alles so gewesen, wie ich es erzählt habe?

LIZZIE: Ganz und gar nicht. Die beiden Neger verhielten sich ganz ruhig und sprachen miteinander; sie haben mich nicht einmal angesehen. Dann stiegen vier Weiße ein, und zwei von ihnen wurden sehr zudringlich. Sie hatten eben ein Rugbymatch gewonnen und waren besoffen. Sie sagten, es stinkt nach Neger, und wollten die Schwarzen zur Tür hinauswerfen. Diese verteidigten sich, so gut sie konnten; zum Schluß bekam ein Weißer einen Faustschlag aufs Auge; da hat er seinen Revolver gezogen und geschossen. Das ist alles. Sobald wir den Bahnhof erreichten, sprang der andere Neger vom Zug.

FRED: Man kennt das. Aber es wird ihm nichts nützen; wir kriegen ihn doch. *Nach einer Pause.* Wenn man dich vor den Richter ruft, wirst du ihm diese Geschichte da erzählen?

LIZZIE: Was interessiert dich das?

FRED: Antworte!

LIZZIE: Ich werde nicht zum Richter gehen. Ich sage dir, ich hasse Komplikationen.

FRED: Du wirst hingehen müssen.

LIZZIE: Ich werde nicht hingehen. Ich will mit der Polizei nichts mehr zu tun haben.

FRED: Sie werden herkommen und dich holen.

LIZZIE: Dann werde ich sagen, was ich gesehen habe.

FRED *nach einer Pause*: Bist du dir darüber klar, was du damit machst?

LIZZIE: Was mache ich denn damit?

FRED: Damit zeugst du für einen Schwarzen gegen einen Weißen.

LIZZIE: Wenn der Weiße schuldig ist.

FRED: Er ist unschuldig.

LIZZIE: Da er getötet hat, ist er auch schuldig.

FRED: Schuldig wessen?

LIZZIE: Getötet zu haben!

FRED: Aber er hat einen Neger getötet.

LIZZIE: Na, und?

FRED: Wenn man jedesmal schuldig wäre, wenn man einen Neger tötet ...

LIZZIE: Er hatte kein Recht dazu.

FRED: Was für ein Recht?

LIZZIE: Er hatte kein Recht dazu.

FRED: Dein Recht kommt aus dem Norden. *Nach einer Pause.* Schuldig oder nicht, du kannst es nicht zulassen, daß ein Mann deiner Rasse bestraft wird.

LIZZIE: Ich will ja niemand bestrafen lassen. Man wird mich fragen, was ich gesehen habe, und ich werde es sagen. *Pause. Fred geht auf sie zu.*

FRED: Was ist zwischen dir und dem Neger? Warum willst du ihn schützen?

LIZZIE: Ich kenne ihn ja gar nicht.

FRED: Na also?

LIZZIE: Ich will die Wahrheit sagen.

FRED: Die Wahrheit! Eine Hure zu zehn Dollar, die die Wahrheit sagen will! Es gibt keine Wahrheit: es gibt Weiße und Schwarze, das ist alles. Siebzehntausend Weiße, zwanzigtausend Schwarze. Wir sind hier nicht in New York: wir haben keinen Grund zum Lachen. *Nach einer Pause.* Thomas ist mein Vetter.

LIZZIE: Was?

FRED: Thomas, der Mann, der getötet hat: er ist mein Vetter.

LIZZIE *gerührt*: Ach?

FRED: Er ist ein Mann aus guter Familie. Das sagt dir nicht viel; aber er ist ein Mann aus guter Familie.

LIZZIE: Ein Mann aus guter Familie, der sich immer wieder an mich heranmachte und versuchte, meinen Rock hochzuheben. Geh mir mit deinen Männern aus guter Familie! Es wundert mich nicht weiter, daß ihr aus derselben Familie seid.

FRED *die Hand erhebend*: Du Schwein! *Er hält sich zurück.* Du bist der Teufel: mit dem Teufel kann man nur Böses tun. Er hat deinen Rock hochgehoben, er hat auf deinen dreckigen Neger geschossen, was ist da schon dabei? Das sind Dinge, die man macht, ohne darüber nachzudenken, das zählt nicht. Thomas ist ein Chef, das allein zählt.

LIZZIE: Mag sein. Aber der Neger hat nichts getan.

FRED: Ein Neger hat immer etwas getan.

LIZZIE: Niemals werde ich einen Menschen der Polizei ausliefern.

FRED: Wenn er es nicht ist, dann wird es Thomas sein. Einen lieferst du auf alle Fälle aus. Du hast es in der Hand.

LIZZIE: Da haben wir's. Da sitze ich zur Abwechslung mal wieder schön in der Tinte. *Zu ihrem Armband.* Verdammte Schweinerei, ist das alles, was du für mich hast! *Sie wirft es auf die Erde.*

FRED: Wieviel willst du?

LIZZIE: Keinen Cent.

FRED: Fünfhundert Dollar.

LIZZIE: Nicht einen Cent.

FRED: Du brauchst mehr als eine Nacht, um fünfhundert Dollar zu verdienen.

LIZZIE: Besonders, wenn ich mit solchen Geizkragen wie du zu tun habe. *Nach einer Pause.* Darum also hast du mir gestern abend ein Zeichen gegeben?

FRED: Weshalb denn sonst?

LIZZIE: Darum also. Du hast dir gesagt, da ist die Kleine, ich werde sie nach Hause bringen und die Sache in ihre Hände legen. Darum also! Du streichelst meine Hände, aber du warst dabei kalt wie Eis, du dachtest: wie bringe ich es ihr bei? *Nach einer Pause.* Aber sag mal! Aber sag doch mal, mein kleiner Junge ... Wenn du mit zu mir heraufgekommen bist, um mir diesen Vorschlag zu machen, dann brauchtest du ja nicht mit mir ins Bett zu gehen. He? Warum bist du mit mir ins Bett gegangen, du Schmutzfink? Warum bist du mit mir ins Bett gegangen?

FRED: Zum Teufel, wenn ich das weiß.

LIZZIE *sinkt weinend auf einem Stuhl zusammen*: Schmutzfink! Schmutzfink! Schmutzfink!

FRED: Fünfhundert Dollar! Heul doch nicht, mein Gott! Fünfhundert Dollar! Heul doch nicht! Heul doch nicht! Nun, Lizzie! Lizzie! Sei doch vernünftig! Fünfhundert Dollar!

LIZZIE *schluchzend*: Ich bin nicht vernünftig. Ich will deine fünfhundert Dollar nicht, ich will kein falsches Zeugnis ablegen! Ich will nach New York zurück, ich will fort von hier! Ich will fort! *Es klingelt. Sie hält plötzlich inne. Es klingelt noch einmal. Leise.* Was ist das? Schweig! *Es klingelt lange.* Ich werde nicht öffnen. Rühre dich nicht. *Es wird an die Tür geklopft.*

EINE STIMME: Aufmachen! Polizei.

LIZZIE *leise*: Die Bullen. Es mußte ja so kommen. *Sie zeigt auf das Armband.* Alles seinetwegen. *Sie bückt sich, hebt es auf und legt es wieder an.* Besser, ich behalte es. Versteck dich! *Es wird wieder an die Tür geklopft.*

DIE STIMME: Polizei!

LIZZIE: So versteck dich schon. Geh ins Badezimmer. *Er rührt sich nicht. Sie stößt ihn mit aller Kraft.* So geh! Geh doch!

DIE STIMME: Bist du da, Fred? Fred? Bist du da?

FRED: Ich bin da! *Er stößt sie zurück, sie sieht ihn erstaunt an.*

LIZZIE: Ach, so ist das! *Fred geht und öffnet. John und James treten ein.*

Die gleichen – John und James – die Entreetür bleibt offen.

JOHN: Polizei. Bist du Lizzie MacKay?

LIZZIE *blickt, ohne auf ihn zu hören, immer noch Fred an*: Darum also!

JOHN *sie an der Schulter schüttelnd*: Gib Antwort, wenn man mit dir spricht.

LIZZIE: He? Ja, das bin ich.

JOHN: Deine Papiere.

LIZZIE *sie nimmt sich zusammen, hart*: Mit welchem Recht stellen Sie mir Fragen? Was wollen Sie hier bei mir? *John zeigt seinen Stern.* Jeder kann sich einen Stern machen. Sie sind Kumpane dieses Herrn da und haben sich zusammengetan, um mich gefügig zu machen. *John hält ihr eine Karte unter die Nase.*

JOHN: Kennst du das?

LIZZIE *auf James zeigend*: Und er?

JOHN *zu James*: Zeig deine Karte. *James zeigt sie, Lizzie sieht sie sich an, geht, ohne etwas zu sagen, zum Tisch, zieht Papiere aus der Schublade und gibt sie ihnen. Auf Fred zeigend:* Hast du ihn gestern abend zu dir mit raufgenommen? Du weißt doch, daß Prostitution strafbar ist?

LIZZIE: Sind Sie ganz sicher, daß Sie das Recht haben, bei Leuten ohne Befehl einzudringen? Fürchten Sie nicht, daß ich Ihnen Unannehmlichkeiten bereiten kann?

JOHN: Mach dir unseretwegen keine Sorgen. *Nach einer Pause.* Wir haben dich gefragt, ob du ihn zu dir mit raufgenommen hast.

LIZZIE, *seit die Polizisten eingetreten sind, hat sie sich verändert. Sie ist härter und vulgärer geworden*: Zerbrecht euch nicht den Kopf. Na klar, habe ich ihn zu mir raufgenommen. Nur habe ich es umsonst mit ihm gemacht. Da bleibt euch die Luft weg, was?

FRED: Ihr findet zwei Zehndollarscheine auf dem Tisch. Sie sind von mir.

LIZZIE: Beweise es!

FRED *ohne sie anzusehen, zu den beiden anderen*: Ich habe sie gestern morgen auf der Bank bekommen, mit achtundzwanzig andern der gleichen Serie. Ihr braucht nur die Nummern nachzukontrollieren.

LIZZIE *heftig*: Ich habe sie zurückgewiesen. Ich habe seine dreckigen Banknoten zurückgewiesen. Ich habe sie ihm ins Gesicht geschmissen.

JOHN: Wenn du sie zurückgewiesen hast, wieso liegen sie dann auf dem Tisch?

LIZZIE *nachdem sie einen Augenblick geschwiegen hat*: Ich bin in der Falle. *Sie blickt Fred in einer Art Erstarrung an und sagt mit fast sanfter Stimme:* Darum also? *Zu den andern:* Also? Was wollt ihr von mir?

JOHN: Setz dich! *Zu Fred:* Ist sie auf dem laufenden? *Fred macht mit dem Kopf ein Zeichen.* Du sollst dich setzen, habe ich gesagt. *Er stößt sie in einen Sessel.* Der Richter ist einverstanden, Thomas freizulassen, wenn er deine schriftliche Aussage hat. Wir haben sie für dich aufgesetzt, du brauchst nur noch zu unterschreiben. Morgen wirst du dann verhört werden. Kannst du lesen? *Lizzie zuckt die Achseln, er reicht ihr ein Papier hin.* Lies und unterschreibe!

LIZZIE: Von A bis Z Schwindel.

JOHN: Mag sein. Wenn schon?

LIZZIE: Ich unterschreibe nicht.

FRED: Sperrt sie ein! *Zu Lizzie:* Das gibt achtzehn Monate.

LIZZIE: Achtzehn Monate, ja. Aber wenn ich herauskomme, bringe ich dich um.

FRED: Nicht, wenn ich es verhindern kann. *Sie blicken sich an.* Ihr solltet nach New York telegrafieren; ich glaube, sie hat dort Schwierigkeiten gehabt.

LIZZIE *mit Bewunderung*: Du bist gemein wie eine Frau. Ich hätte niemals geglaubt, daß auch ein Mann so gemein sein kann.

JOHN: Entscheide dich! Du unterschreibst oder ich bringe dich ins Kittchen.

LIZZIE: Da geh ich schon lieber ins Kittchen. Ich will nicht lügen.

FRED: Nicht lügen, du Miststück! Und was hast du die ganze Nacht über getan? Als du zu mir «mein Liebling», «mein Geliebter», «mein kleiner Mann» sagtest, da hast du nicht gelogen? Als du stöhntest, um mir vorzumachen, daß ich dich befriedigte, da hast du nicht gelogen?

LIZZIE *herausfordernd*: Das würde dir so passen, he? Nein, ich habe nicht gelogen. *Sie schauen sich an. Fred wendet den Blick ab.*

FRED: Schluß damit. Da ist meine Füllfeder. Unterschreibe!

LIZZIE: Du kannst ihn wieder einstecken. *Schweigen. Die drei Männer wissen nicht, was sie tun sollen.*

FRED: Also, soweit wären wir nun! Er ist der beste Mann in der Stadt, und sein Schicksal hängt von der Laune eines Mädchens ab. *Er geht auf und ab, dann geht er plötzlich auf Lizzie zu.* Sieh ihn an. *Er zeigt ihr ein Foto.* Du hast ja in deinem Hundeleben genug Männer gesehen. Gibt es viele, die so aussehen wie er? Sieh dir diese Stirn an, sieh dir dieses Kinn an, sieh dir die Auszeichnungen auf seiner Uniform an. Nein, nein: sieh nicht weg. Geh bis zum Ende: das ist dein Opfer, du mußt ihm ins Gesicht sehen. Siehst du, wie jung er aussieht, wie stolz, wie schön er ist! Du kannst beruhigt sein, wenn er aus dem Gefängnis kommt, in zehn Jahren, dann wird er ein gebrochener Greis sein, er wird seine Haare und seine Zähne verloren haben. Du kannst zufrieden sein, das ist gute Arbeit. Bis jetzt stahlst du den Leuten das Geld aus der Tasche; diesmal hast du dir den Besten ausgesucht, und du nimmst ihm das Leben. Du sagst nichts? Du bist also bis ins Mark faul? *Er zwingt sie auf die Knie.* Auf die Knie, Hure! Auf die Knie vor dem Bildnis des Mannes, den du entehren willst! *Clark kommt zur Tür herein, die offen geblieben war.*

4. SZENE

Die gleichen – Der Senator

SENATOR: Laßt sie! *Zu Lizzie:* Stehen Sie auf!

FRED: Hallo!

JOHN: Hallo!

SENATOR: Hallo! Hallo!

JOHN *zu Lizzie*: Das ist Senator Clark.

SENATOR *zu Lizzie*: Hallo!

LIZZIE: Hallo!

SENATOR: Gut. Vorgestellt wären wir. *Er betrachtet Lizzie.* Das ist also das junge Mädchen. Sie sieht sehr sympathisch aus.

FRED: Sie will nicht unterschreiben.

SENATOR: Sie hat vollkommen recht. Ihr dringt bei ihr ein, ohne ein Recht dazu zu haben. *Auf eine Gebärde von John hin, mit Nachdruck:* Ohne das mindeste Recht dazu zu haben; ihr seid brutal zu ihr und wollt sie zwingen, gegen ihr Gewissen auszusagen. Das sind keine amerikanischen Methoden. Hat der Neger Sie vergewaltigt, mein Kind?

LIZZIE: Nein.

SENATOR: Gut. Das ist nun einmal klar. Sehen Sie mir mal in die Augen. *Er blickt sie an.* Ich bin sicher, daß sie nicht lügt. *Nach einer Pause.* Arme Mary! *Zu den andern:* Also, Jungens, gehen wir. Wir haben hier nichts mehr zu suchen. Das einzige, was wir noch zu tun hätten, wäre, uns bei dem gnädigen Fräulein zu entschuldigen.

LIZZIE: Wer ist Mary?

SENATOR: Mary? Das ist meine Schwester, die Mutter dieses unglücklichen Thomas. Eine arme, liebe alte Frau, die daran zugrunde gehen wird. Auf Wiedersehen, mein Kind.

LIZZIE: Senator!

SENATOR: Mein Kind?

LIZZIE: Es tut mir leid.

SENATOR: Was ist da zu bedauern? Sie haben doch die Wahrheit gesagt.

LIZZIE: Ich bedaure, daß dies ... die Wahrheit ist.

SENATOR: Wir können nichts dafür, weder der eine noch der andere, und niemand hat das Recht, von Ihnen ein falsches Zeugnis zu verlangen. *Nach einer Pause.* Nein. Denken Sie nicht mehr an sie.

LIZZIE: An wen?

SENATOR: An meine Schwester. Dachten Sie nicht an meine Schwester?

LIZZIE: Ja.

SENATOR: Ich bin mir über Sie ganz klar, mein Kind. Soll ich Ihnen sagen, was in Ihrem Kopf vorgeht? *Lizzie imitierend:* «Wenn ich unterschreiben würde, so ginge der Senator zu ihr und würde ihr sagen: ‹Lizzie MacKay ist ein gutes Mädchen; sie ist es, die dir deinen Sohn wiedergibt.› Und sie würde unter Tränen lächeln und sagen: ‹Lizzie MacKay? Diesen Namen werde ich nie vergessen.› Und an mich, die ich ohne Familie bin, die das Schicksal an den Rand der Gesellschaft verbannt hat, an mich würde nun eine kleine schlichte, alte Frau in ihrem großen Hause denken. Es gäbe eine amerikanische Mutter, die mich in ihrem Herzen adoptiert hat.» Arme Lizzie, denken Sie nicht mehr daran.

LIZZIE: Hat sie weißes Haar?

SENATOR: Ganz weißes. Aber das Gesicht ist jugendlich geblieben. Und wenn Sie erst ihr Lächeln kennen würden ... Sie wird nun nie mehr lächeln. Adieu. Morgen werden Sie dem Richter die Wahrheit sagen.

LIZZIE: Wollen Sie schon gehen?

SENATOR: Nun ja: ich gehe zu ihr. Ich muß doch von unserer Unterredung berichten.

LIZZIE: Weiß sie, daß Sie hier sind?

SENATOR: Auf ihre Bitte hin bin ich ja gekommen.

LIZZIE: Mein Gott! Und sie wartet? Und Sie werden ihr sagen, daß ich mich geweigert habe, zu unterschreiben. Wie sie mich verabscheuen wird!

SENATOR *ihr die Hände auf die Schultern legend*: Mein armes Kind, ich möchte nicht an Ihrer Stelle sein.

LIZZIE: Was für eine Geschichte! *Zu ihrem Armband:* Du bist es, Miststück, das an allem schuld ist.

SENATOR: Wie?

Lizzie: Nichts. *Nach einer Pause.* So, wie die Dinge nun stehen, ist es schade, daß der Neger mich nicht wirklich vergewaltigt hat.

Senator *traurig*: Mein Kind.

Lizzie *traurig*: Das hätte Ihnen so viel Freude gemacht, und mich hätte es so wenig Mühe gekostet.

Senator: Danke! *Nach einer Pause.* Wie gern möchte ich Ihnen helfen. *Nach einer Pause.* Aber leider, die Wahrheit ist die Wahrheit.

Lizzie *traurig*: Ja, eben.

Senator: Und die Wahrheit ist, daß der Neger Sie nicht vergewaltigt hat.

Lizzie *mit gleicher Miene*: Ja, eben.

Senator: Ja. *Nach einer Pause.* Wohlverstanden, es handelt sich da um eine Wahrheit ersten Grades.

Lizzie *ohne zu verstehen*: Ersten Grades ...

Senator: Ja: ich meine, um eine ... volkstümliche Wahrheit.

Lizzie: Um eine volkstümliche Wahrheit? Ist das nicht die Wahrheit?

Senator: Doch, doch, das ist die Wahrheit. Nur ... es gibt mehrere Arten von Wahrheiten.

Lizzie: Sie meinen, daß der Neger mich doch vergewaltigt hat?

Senator: Nein. Nein, er hat Sie nicht vergewaltigt. Wenn man die Sache von einem gewissen Standpunkt aus betrachtet, hat er Sie nicht vergewaltigt. Aber sehen Sie, ich bin ein alter Mann, der viel erlebt hat, der sich oft geirrt hat und der sich seit einigen Jahren ein bißchen weniger oft irrt. Und ich habe über alle diese Dinge eben eine andere Auffassung als Sie.

Lizzie: Aber welche Auffassung denn?

Senator: Wie soll ich Ihnen das erklären? Warten Sie: stellen wir uns vor, daß die amerikanische Nation plötzlich vor Ihnen erscheinen würde. Was würde sie zu Ihnen sagen?

Lizzie *erschreckt*: Ich nehme an, sie hätte mir nicht gerade viel zu sagen.

Senator: Sind Sie Kommunistin?

Lizzie: Wie gräßlich – nein!

Senator: Dann hat sie Ihnen sehr viel zu sagen. Sie würde zu Ihnen sagen: «Lizzie, es ist dahin gekommen, daß du zwischen zweien meiner Söhne wählen mußt. Der eine oder der andere muß verschwinden.» Was macht man in einem solchen Fall? Man behält den Besseren. Nun wollen wir sehen, wer der Bessere ist. Willst du?

Lizzie: Ich will ja schon. Oh, Verzeihung! Ich glaubte, Sie hätten gesprochen.

Senator: Ich spreche in ihrem Namen. *Er fängt wieder an.* «Lizzie, dieser Neger, den du beschützt, wozu dient er? Er ist durch Zufall geboren, Gott weiß wo. Ich habe ihn ernährt, und er, wie dankt er mir dafür? Gar nicht: er streicht herum, er klaut, er singt, er kauft sich knallbunte Anzüge. Er ist mein Sohn, und ich liebe ihn genau so wie meine anderen Söhne. Aber ich frage dich: führt er ein menschliches Leben? Ich würde nicht einmal seinen Tod bemerken.»

LIZZIE: Wie gut Sie reden können.

SENATOR *fortfahrend*: Der andere dagegen, dieser Thomas, er hat einen Schwarzen getötet, das ist sehr schlecht. Aber ich brauche ihn. Er ist ein hundertprozentiger Amerikaner, der Abkömmling einer unserer ältesten Familien, er hat in Harvard studiert, er ist Offizier – ich brauche Offiziere – er beschäftigt zweitausend Arbeiter in seiner Fabrik – zweitausend Arbeitslose, wenn er sterben müßte –, er ist ein Chef, ein solider Wall gegen den Kommunismus, die Gewerkschaften und die Juden. Er hat die Pflicht, zu leben, und du hast die Pflicht, ihm das Leben zu erhalten. Das ist alles. Jetzt wähle.»

LIZZIE: Wie gut Sie reden können.

SENATOR: Wähle!

LIZZIE *aufspringend*: Wie? Ach ja... *Nach einer Pause.* Sie haben mich verwirrt, nun weiß ich nicht mehr, was ich tun soll.

SENATOR: Sehen Sie mich an, Lizzie. Haben Sie Vertrauen zu mir?

LIZZIE: Ja, Senator.

SENATOR: Glauben Sie, daß ich fähig bin, Ihnen zu einer schlechten Tat zu raten?

LIZZIE: Nein, Senator.

SENATOR: Dann müssen Sie unterschreiben. Hier ist meine Füllfeder.

LIZZIE: Glauben Sie, daß sie mit mir zufrieden sein wird?

SENATOR: Wer?

LIZZIE: Ihre Schwester.

SENATOR: Sie wird Sie aus der Ferne wie eine Tochter lieben.

LIZZIE: Wird sie mir vielleicht Blumen schicken?

SENATOR: Vielleicht.

LIZZIE: Oder ihr Foto mit einem Autogramm?

SENATOR: Das ist sehr wohl möglich.

LIZZIE: Ich werde es auch an die Wand hängen. *Sie geht unruhig auf und ab. Nach einer Pause.* Was für eine furchtbare Geschichte! *Sie nähert sich wieder dem Senator.* Und was macht ihr mit ihm, mit dem Neger, wenn ich unterschreibe?

SENATOR: Mit dem Neger? Bah! *Er faßt sie an den Schultern.* Wenn du unterschreibst, wird dich die ganze Stadt adoptieren. Die ganze Stadt. Alle Mütter der Stadt.

LIZZIE: Aber...

Senator: Glaubst du, eine ganze Stadt könnte sich irren? Eine ganze Stadt, mit ihren Pastoren und ihren Pfarrern, mit ihren Ärzten, ihren Anwälten und ihren Künstlern, mit ihrem Bürgermeister und ihren Beigeordneten und ihren Wohltätigkeitsvereinen. Glaubst du das?

Lizzie: Nein. Nein. Nein.

Senator: Gib mir deine Hand. *Er nötigt sie, zu unterschreiben.* So. Ich danke dir im Namen meiner Schwester und meines Neffen, im Namen von siebzehntausend Weißen unserer Stadt, und im Namen der amerikanischen Nation, die ich hier repräsentiere. Deine Stirn. *Er küßt sie auf die Stirn. Zu den anderen:* Kommt! *Zu Lizzie:* Ich werde dich im Laufe des Abends wiedersehen: wir haben noch miteinander zu reden. *Er geht.*

Fred *im Gehen*: Adieu, Lizzie.

Lizzie: Adieu. *Sie gehen. Lizzie bleibt niedergeschmettert stehen, dann stürzt sie zur Tür.* Senator! Senator! Ich will nicht! Zerreißen Sie das Papier! Senator! *Sie kommt wieder zurück und greift mechanisch nach dem Staubsauger.* Die amerikanische Nation! *Sie steckt den Stecker wieder rein.* Ich habe so das Gefühl, daß die mich reingelegt haben! *Sie bedient wütend den Staubsauger.*

Vorhang

ZWEITES BILD

Gleiche Dekoration zwölf Stunden später. Die Lampen brennen, die Fenster sind über Nacht offen. Geräusche, die sich steigern. Der Neger erscheint am Fenster, klettert über das Gesims und springt ins Zimmer, das leer ist. Er geht bis zur Mitte der Szene. Es klingelt. Er versteckt sich hinter einem Vorhang. Lizzie kommt aus dem Badezimmer, geht zur Entreetür und öffnet.

1. SZENE

Lizzie – Der Senator – Der Neger, versteckt

LIZZIE: Herein! *Der Senator tritt ein.* Nun?

SENATOR: Thomas ist in den Armen seiner Mutter. Ich komme, um Ihnen ihren Dank auszusprechen.

LIZZIE: Ist sie glücklich?

SENATOR: Ganz und gar glücklich.

LIZZIE: Hat sie geweint?

SENATOR: Geweint? Warum? Sie ist eine starke Frau.

LIZZIE: Sie hatten mir doch gesagt, sie würde weinen.

SENATOR: Das war nur so eine Redensart.

LIZZIE: Das hatte sie wohl nicht erwartet, wie? Sie dachte, ich wäre eine schlechte Frau und würde für den Neger zeugen.

SENATOR: Sie gab sich in Gottes Hand.

LZZIE: Was denkt sie von mir?

SENATOR: Sie dankt Ihnen.

LIZZIE: Hat sie nicht gefragt, wie ich aussehe?

SENATOR: Nein.

LIZZIE: Findet sie, daß ich ein gutes Mädchen bin?

SENATOR: Sie findet, daß Sie Ihre Pflicht getan haben.

LIZZIE: So ...?

SENATOR: Und sie hofft, daß Sie Ihre Pflicht auch weiterhin erfüllen werden.

LIZZIE: Ja, ja ...

SENATOR: Sehen Sie mich an Lizzie. *Er nimmt sie bei den Schultern.* Sie werden sie auch weiterhin erfüllen, nicht wahr? Sie wollen sie doch nicht enttäuschen?

LIZZIE: Erschrecken Sie nicht. Ich kann nicht wieder auf das zurückkommen, was ich gesagt habe. Sie würden mich doch einsperren. *Nach einer Pause.* Was bedeuten denn diese Schreie?

SENATOR: Das hat nichts zu bedeuten.

LIZZIE: Ich kann sie nicht mehr ertragen. *Sie geht und schließt das Fenster.* Senator?

SENATOR: Mein Kind?

LIZZIE: Sind Sie sicher, daß wir uns nicht geirrt haben, daß ich so richtig gehandelt habe?

SENATOR: Absolut sicher.

LIZZIE: Ich kenne mich selber nicht mehr aus; Sie haben mich ganz verwirrt; Sie denken viel zu rasch für mich. Wie spät ist es eigentlich?

SENATOR: Elf Uhr.

LIZZIE: Noch acht Stunden, bis es Tag wird. Ich werde wohl kein Auge schließen können. *Nach einer Pause.* Es ist nachts ebenso heiß wie am Tage. *Nach einer Pause.* Und der Neger?

SENATOR: Welcher Neger? Ach so! Nun, man sucht nach ihm.

LIZZIE: Was wird mit ihm geschehen? *Der Senator zuckt die Achseln, die Schreie werden lauter. Lizzie geht zum Fenster.* Was hat denn dieses Geschrei nur zu bedeuten? Ist das ein Fackelzug? Oder... Sagen Sie mir, was los ist, Senator! Sagen Sie mir, was los ist!

SENATOR *einen Brief aus der Tasche ziehend*: Meine Schwester hat mich beauftragt, Ihnen dies hier zu übergeben.

LIZZIE *lebhaft*: Was, sie hat mir geschrieben? *Sie reißt den Umschlag auf, zieht einen Hundert-Dollar-Schein heraus, sucht weiter im Umschlag nach einem Brief, findet aber keinen, zerknüllt das Kuvert und wirft es auf den Boden. Ihre Stimme verändert sich.* Hundert Dollar. Da können Sie aber zufrieden sein: Ihr Sohn hatte mir fünfhundert versprochen, da machen Sie ein gutes Geschäft.

SENATOR: Mein Kind.

LIZZIE: Sie können Ihrer Frau Schwester danken. Sagen Sie ihr, eine Vase oder ein Paar Nylonstrümpfe wären mir lieber gewesen, irgend etwas, was ihr die Mühe gemacht hätte, es selber auszusuchen. Aber die Absicht zählt ja schon, nicht wahr? *Nach einer Pause.* Sie haben mich ja schön reingelegt. *Sie schauen sich an. Der Senator nähert sich Lizzie.*

SENATOR: Ich danke Ihnen, mein Kind. Wir reden aneinander vorbei. Sie machen eine moralische Krise durch und brauchen meine Unterstützung.

LIZZIE: Ich brauche vor allem Geld; aber wir werden uns schon einigen, Sie und ich. *Nach einer Pause.* Bis jetzt habe ich den älteren Herren den Vorzug gegeben, weil sie so würdig aussehen; aber nun frage ich mich, ob sie nicht noch verschlagener sind als die andern.

SENATOR *belustigt*: Verschlagen! Meine Kollegen sollten Sie hören. Welch reizendes Naturell! Es steckt in Ihnen doch noch ein guter Kern, den auch Ihr ungeregeltes Leben nicht zerstören konnte! *Er streichelt sie.* Ja. Ja. Ein guter Kern. *Sie läßt es sich gefallen, passiv und mit verächtlicher Miene.* Ich werde wiederkommen, begleiten Sie mich nicht. *Er geht. Lizzie bleibt wie erstarrt stehen. Sie nimmt den Schein, zerknüllt ihn, wirft ihn zu Boden, läßt sich auf einen Stuhl fallen und bricht in Schluchzen aus. Draußen nähert sich das Geschrei. In der Ferne ertönen Schüsse. Der Neger tritt aus seinem Versteck. Er pflanzt sich vor ihr auf. Sie hebt den Kopf hoch, erblickt ihn und stößt einen Schrei aus.*

2. SZENE

Lizzie – Der Neger

LIZZIE: Ha! *Pause. Sie erhebt sich.* Ich wußte, daß du kommen würdest. Ich wußte es ganz genau. Wie bist du hereingekommen?
NEGER: Durch das Fenster.
LIZZIE: Und was willst du?
NEGER: Verstecken Sie mich.
LIZZIE: Nein. Ich habe es dir schon einmal gesagt.
NEGER: Hören Sie sie, Madame?
LIZZIE: Ja.
NEGER: Die Jagd hat begonnen.
LIZZIE: Welche Jagd?
NEGER: Die Jagd nach dem Neger.
LIZZIE: Ha! *Nach einer langen Pause.* Bist du sicher, daß sie dich nicht gesehen haben, als du hereinkamst?
NEGER: Ja.
LIZZIE: Was werden sie dir tun, wenn sie dich kriegen?
NEGER: Benzin.
LIZZIE: Was?
NEGER: Benzin. *Er macht eine erklärende Gebärde.* Sie werden es anzünden.
LIZZIE: Ich verstehe. *Sie geht zum Fenster und zieht die Vorhänge zu.* Setz dich. *Der Neger läßt sich auf einen Stuhl fallen.* Es muß wohl so sein, daß du zu mir gekommen bist. Wird es denn niemals aufhören? *Sie nähert sich ihm fast drohend.* Ich hasse solche Geschichten, verstehst du? *Mit dem Fuß stampfend.* Ich hasse sie! Ich hasse sie! Ich hasse sie!
NEGER: Sie glauben, ich habe Ihnen was getan, Madame.
LIZZIE: Na und?
NEGER: Hier werden sie mich nicht suchen.
LIZZIE: Weißt du, warum sie Jagd auf dich machen?

NEGER: Weil sie glauben, daß ich Ihnen etwas getan habe.

LIZZIE: Weißt du auch, wer es ihnen gesagt hat?

NEGER: Nein.

LIZZIE: Ich. *Langes Schweigen. Der Neger sieht sie an.* Was denkst du nun von mir?

NEGER: Warum haben Sie das gemacht, Madame? Oh! Warum haben Sie das gemacht?

LIZZIE: Das frage ich mich auch.

NEGER: Sie werden kein Erbarmen haben; sie werden mich über die Augen peitschen, sie werden ihre Benzinkanister über mich gießen. Oh! Warum haben Sie das gemacht? Ich habe Ihnen doch nichts getan.

LIZZIE: Oh! Und ob du mir etwas getan hast. Du kannst nicht wissen, wieviel Unglück du mir gebracht hast! *Nach einer Pause.* Du hast keine Lust, mich zu erwürgen?

NEGER: Sie zwingen oft die Menschen, das Gegenteil von dem zu sagen, was sie denken.

LIZZIE: Ja. Sehr oft. Und wenn sie sie nicht dazu zwingen können, dann verwirren sie sie mit schönen Sprüchen. *Nach einer Pause.* Also? Nein? Du erwürgst mich nicht? Du hast einen guten Charakter. *Nach einer Pause.* Ich werde dich bis morgen abend verstecken. *Er macht eine Bewegung.* Nein, berühre mich nicht: ich liebe die Neger nicht. *Schreie und Schüsse draußen.* Sie kommen näher. *Sie geht zum Fenster, zieht die Vorhänge zurück und blickt auf die Straße.* Da sitzen wir ja schön in der Falle!

NEGER: Was machen sie?

LIZZIE: Sie haben an beiden Straßenenden Posten aufgestellt und durchsuchen alle Häuser. Du mußt ja auch ausgerechnet hierher kommen. Sicherlich hat dich jemand in die Straße gehen sehen. *Sie sieht wieder hinaus.* So. Jetzt sind wir dran. Sie kommen herauf.

NEGER: Wie viele sind es?

LIZZIE: Fünf oder sechs. Die andern warten unten. *Sie kommt zu ihm zurück.* Zittere doch nicht! Zittere doch nicht, mein Gott! *Nach einer Pause zu ihrem Armband:* Du Schwein von einer Schlange! *Sie wirft es auf den Boden und tritt mit den Füßen darauf.* Schweinerei! *Zu dem Neger:* Du mußtest ja auch ausgerechnet hierher kommen. *Er steht auf und schickt sich an, zu gehen.* Bleib! Wenn du gehst, bist du erledigt.

NEGER: Über die Dächer.

LIZZIE: Bei dem Mondschein? Du kannst über die Dächer gehen, wenn du als Zielscheibe dienen willst. *Nach einer Pause.* Warten wir ab. Sie haben noch zwei Etagen zu durchsuchen, bevor sie zu uns kommen. Ich sage dir doch, du sollst nicht so zittern. *Langes*

Schweigen. Sie geht auf und ab. Der Neger bleibt niedergeschmettert auf seinem Stuhl sitzen. Hast du keine Waffe?

NEGER: Oh! Nein.

LIZZIE: Gut. *Sie stöbert in einer Schublade und zieht einen Revolver heraus.*

NEGER: Was wollen Sie machen, Madame?

LIZZIE: Ich werde ihnen die Tür öffnen und sie bitten, einzutreten. Seit fünfundzwanzig Jahren wickeln sie mich mit ihren alten weißhaarigen Müttern und den Kriegshelden und der amerikanischen Nation ein. Aber jetzt habe ich es begriffen. Jetzt ist Schluß damit. Ich werde die Tür öffnen und ihnen sagen: «Da ist er. Da ist er, aber er hat nichts getan; man hat mich zu einem falschen Zeugnis verleitet. Ich schwöre bei Gott, daß er nichts getan hat.»

NEGER: Sie werden Ihnen nicht glauben.

LIZZIE: Vielleicht. Vielleicht glauben sie mir nicht: dann wirst du mit dem Revolver auf sie zielen, und wenn sie nicht gehen, wirst du auf sie schießen.

NEGER: Es werden andere kommen.

LIZZIE: Dann wirst du auch auf die anderen schießen. Und wenn du den Sohn des Senators siehst, dann sieh zu, daß du ihn nicht verfehlst, denn er hat alles eingefädelt. Wir sind jetzt schön in der Klemme, nicht wahr? Und in jedem Fall ist das unsere letzte Geschichte, denn das sage ich dir, wenn sie dich bei mir finden, dann gebe ich für meine Haut keine fünf Cent mehr. Also, wenn schon krepieren, dann lieber in einer zahlreichen Gesellschaft. *Sie streckt ihm den Revolver hin.* Nimm ihn! Ich sage dir doch, du sollst ihn nehmen.

NEGER: Ich kann nicht, Madame.

LIZZIE: Was?

NEGER: Ich kann nicht auf Weiße schießen.

LIZZIE: Wirklich? Das wird die aber sehr stören.

NEGER: Es sind Weiße, Madame.

LIZZIE: Na und? Weil sie Weiße sind, haben sie das Recht, dich wie ein Schwein abzuschlachten?

NEGER: Es sind Weiße.

LIZZIE: Dummkopf! Sieh mal einer an, du bist wie ich, du bist genau so dumm wie ich. Nun, wenn alle so sind ...

NEGER: Warum schießen Sie denn nicht, Madame?

LIZZIE: Ich sag dir doch, ich bin dumm. *Man hört Schritte im Treppenhaus.* Da sind sie. *Sie lacht.* Wir sehen schön aus. *Nach einer Pause.* Verzieh dich ins Badezimmer. Und rühr dich nicht. Halt den Atem an.

Der Neger gehorcht, Lizzie wartet. Es klingelt. Sie bekreuzigt sich, hebt das Armband vom Boden auf und öffnet. Männer mit Gewehren.

3. SZENE

Lizzie – Drei Männer

1. MANN: Wir suchen den Neger.

LIZZIE: Welchen Neger?

1. MANN: Den, welcher im Zug eine Frau vergewaltigt und den Neffen des Senators mit einem Rasiermesser verletzt hat.

LIZZIE: Bei Gott, den müßt ihr nicht ausgerechnet bei mir suchen. *Nach einer Pause.* Erkennt ihr mich nicht?

2. MANN: Doch, doch, doch. Ich sah Sie vorgestern aus dem Zug steigen.

LIZZIE: Richtig. Ich bin es nämlich, die er vergewaltigen wollte, versteht ihr? *Getöse. Sie blicken sie mit Augen an, aus denen zugleich Bestürzung, Lüsternheit und Schrecken spricht. Sie weichen ein wenig zurück.* Wenn er sich hertraut, dann wird er damit Bekanntschaft machen. *Sie zeigt auf den Revolver. Sie lachen.*

EIN MANN: Haben Sie keine Lust, ihn hängen zu sehen?

LIZZIE: Holt mich zurück, wenn ihr ihn gefunden habt.

EIN MANN: Das wird nicht mehr lange dauern, mein Zuckerstückchen: man weiß, daß er sich in dieser Straße versteckt hält.

LIZZIE: Viel Glück. *Sie gehen. Lizzie schließt die Tür. Sie legt den Revolver auf den Tisch.*

4. SZENE

Lizzie – Der Neger

LIZZIE: Du kannst herauskommen. *Der Neger kommt, kniet nieder und küßt den Saum ihres Kleides.* Ich habe dir gesagt, du sollst mich nicht berühren. *Sie blickt ihn an.* Du mußt doch ein komischer Kauz sein, wenn eine ganze Stadt hinter dir her ist.

NEGER: Ich habe nichts getan, Madame, das wissen Sie ja.

LIZZIE: Sie sagen, ein Neger hat immer etwas getan.

NEGER: Niemals habe ich etwas getan. Niemals. Niemals.

LIZZIE *sie fährt sich mit der Hand über die Stirn*: Ich kenne mich nicht mehr aus. *Nach einer Pause.* Immerhin, eine ganze Stadt kann doch nicht unrecht haben. *Nach einer Pause.* Scheiße! Ich verstehe nichts mehr.

NEGER: So ist es, Madame, so ist es immer mit den Weißen.
LIZZIE: Und du, du fühlst dich auch schuldig?
NEGER: Ja, Madame.
LIZZIE: Und dennoch hast du nichts getan?
NEGER: Nein, Madame.
LIZZIE: Was haben sie bloß an sich, daß man immer auf ihrer Seite steht?
NEGER: Es sind eben Weiße.
LIZZIE: Ich bin auch eine Weiße. *Pause. Man hört draußen Schritte.* Die gehen wieder runter. *Sie nähert sich ihm instinktiv. Er zittert, aber er legt seinen Arm um ihre Schultern. Die Schritte entfernen sich. Schweigen. Sie löst sich brüsk.* Ach ja, wie ist man doch allein. Wir sehen aus wie zwei Waisen. *Es klingelt. Sie horchen schweigend. Es klingelt nochmals.* Geh ins Badezimmer. *Schläge gegen die Entreetür. Der Neger versteckt sich. Lizzie öffnet.*

5. SZENE

Lizzie – Fred

LIZZIE: Bist du verrückt? Was schlägst du an meine Tür? Nein, du kommst mir nicht herein, ich habe jetzt von der Sache genug. Hau ab, hau ab, Schmutzfink, hau ab! Hau ab! *Er drängt sie zurück, schließt die Tür und nimmt sie bei den Schultern. Langes Schweigen.* Nun?
FRED: Du bist der Teufel.
LIZZIE: Um mir das zu sagen, wolltest du meine Tür einschlagen? Und ein Gesicht machst du! Wo kommst du her? *Nach einer Pause.* Antworte!
FRED: Sie haben einen Neger erwischt. Es war nicht der richtige. Sie haben ihn trotzdem gelyncht.
LIZZIE: Und nun?
FRED: Ich war auch dabei. *Lizzie pfeift.*
LIZZIE: Ich verstehe. *Nach einer Pause.* Nun hast du gesehen, wie ein Neger gelyncht wird. Es scheint Eindruck auf dich gemacht zu haben.
FRED: Ich bin scharf auf dich.
LIZZIE: Was?
FRED: Du bist der Teufel! Du hast mich verhext. Ich war mitten unter ihnen, ich hielt meinen Revolver in der Hand, und der Neger baumelte an einem Ast. Ich sah ihn an und dachte: Ich will sie haben. Das ist nicht natürlich.
LIZZIE: Laß mich los. Du sollst mich loslassen.

FRED: Was steckt dahinter? Was hast du mit mir gemacht, du Hexe? Ich sah den Neger an und sah dich. Ich sah dich über den Flammen hängen. Da habe ich geschossen.

LIZZIE: Du Abschaum! Laß mich los! Laß mich los! Du bist ein Mörder.

FRED: Was hast du mit mir gemacht? Du klebst an mir wie meine Zähne am Zahnfleisch. Ich sehe dich überall, ich sehe deinen Bauch, deinen schmutzigen Hundebauch, ich fühle deine Wärme in meinen Händen, ich habe deinen Geruch in der Nase. Ich bin hierher gerannt, ich wußte selbst nicht, ob es geschah, um dich zu töten oder um dich zu vergewaltigen. Jetzt weiß ich es. *Er läßt sie plötzlich los.* Ich kann mich doch nicht wegen einer Hure unglücklich machen. *Er kommt wieder auf sie zu.* Ist es wahr, was du mir heute morgen gesagt hast?

LIZZIE: Was denn?

FRED: Daß ich dich befriedigt habe?

LIZZIE: Laß mich in Ruhe.

FRED: Schwöre mir, daß das wahr ist. Schwöre es! *Er dreht ihr das Handgelenk um. Man hört im Badezimmer Lärm.* Was ist das? *Er horcht.* Ist jemand hier?

LIZZIE: Du bist verrückt. Es ist niemand hier.

FRED: Doch. Im Badezimmer. *Er geht auf das Badezimmer zu.*

LIZZIE: Da kommst du mir nicht rein.

FRED: Siehst du, es ist doch jemand drin.

LIZZIE: Das ist mein heutiger Kunde. Einer, der bezahlt. So. Bist du nun zufrieden?

FRED: Ein Kunde? Du wirst keine Kunden mehr haben. Niemals mehr. Du gehörst mir. *Nach einer Pause.* Ich will sehen, wie er aussieht. *Er schreit.* Kommen Sie da raus!

LIZZIE *schreiend*: Komm nicht raus. Es ist eine Falle.

FRED: Verdammte Hure! *Er stößt sie mit Gewalt beiseite, geht zur Tür und öffnet sie. Der Neger kommt heraus.* Das also ist dein Kunde?

LIZZIE: Ich habe ihn versteckt, weil man ihm etwas antun will. Schieß nicht auf ihn, du weißt, daß er unschuldig ist.

Fred zieht seinen Revolver. Der Neger macht plötzlich einen Satz, stößt Fred beiseite und rennt hinaus. Fred eilt ihm nach. Lizzie geht zur Entreetür, durch die die beiden verschwunden sind, und beginnt zu schreien.

LIZZIE: Er ist unschuldig! Er ist unschuldig! *Man hört zwei Schüsse, sie kommt mit versteinertem Gesicht zurück. Sie geht zum Tisch und ergreift den Revolver. Fred kommt zurück. Sie wendet sich zu ihm, den Rücken zum Publikum, die Waffe auf dem Rücken verbergend. Er wirft seinen Revolver auf den Tisch.* Nun, hast du ihn eingeholt? *Fred antwortet nicht.* Gut. So, jetzt kommst du an die Reihe.

Sie richtet den Revolver auf ihn.

FRED: Lizzie! Ich habe eine Mutter.

LIZZIE: Halt die Schnauze! D i e Tour kenne ich.

FRED *langsam auf sie zugehend*: Der erste Clark hat ganz allein einen Wald gerodet; er tötete eigenhändig sechzehn Indianer, bevor er in einen Hinterhalt geriet und umkam. Sein Sohn hat fast die ganze Stadt erbaut; er duzte Washington und starb bei Yorktown für die Unabhängigkeit der Vereinigten Staaten. Mein Urgroßvater war Chef der Bürgerwache in San Francisco; er rettete zweiundzwanzig Menschen während des großen Brandes. Mein Großvater hat sich hier niedergelassen; er ließ den Mississippi-Kanal anlegen und war Gouverneur dieses Staates. Mein Vater ist Senator. Ich werde nach ihm Senator: ich bin sein einziger männlicher Erbe und der letzte meines Namens. Wir haben dieses Land geschaffen, und seine Geschichte ist die unsere. Es hat Clarks in Alaska, auf den Philippinen und in Neu-Mexiko gegeben. Wagst du es, auf ganz Amerika zu schießen?

LIZZIE: Wenn du nur einen Schritt näherkommst, schieße ich auf dich.

FRED: Schieße! So schieße doch! Siehst du, du kannst es nicht. Ein Mädchen wie du kann nicht auf einen Mann wie mich schießen. Wer bist du? Was machst du auf dieser Welt? Hast du auch nur deinen Großvater gekannt? I c h habe ein Recht zu leben: es gibt viele Dinge, die ich unternehmen muß, und man wartet auf mich. Gib mir den Revolver her. *Sie reicht ihm den Revolver. Er steckt ihn in seine Tasche.* Was den Neger betrifft, er rannte zu schnell; ich habe ihn verfehlt. *Pause. Er umarmt sie.* Ich werde dir auf dem Hügel, auf der anderen Seite des Flusses, ein schönes Haus mit einem Park einrichten. Du kannst im Park spazierengehen, aber ich verbiete dir, auszugehen: ich bin nämlich sehr eifersüchtig. Ich werde dich dreimal in der Woche besuchen, sobald es dämmert: am Dienstag, am Donnerstag und über das Wochenende. Neger werden dich bedienen, und du wirst mehr Geld haben, als du dir jemals erträumt hast, aber dafür mußt du dir alle meine Launen gefallen lassen. Und ich habe Launen! *Sie ergibt sich ein wenig mehr seiner Umarmung.* Stimmt es, daß ich dich befriedigt habe? Antworte! Stimmt das?

LIZZIE *verdrießlich*: Ja, es stimmt.

FRED *ihr über die Wange streichend*: So, nun ist wieder alles in Ordnung. *Nach einer Pause.* Übrigens – ich heiße Fred.

Vorhang